여기, 바로 지구에서

여기, 바로
지구에서

우 리 는 풍 요 로 운 데
왜 지 구 는 위 태 로 울 까

김진만 에세이

MAL
LANg

프롤로그

조에족의 오래된 미래

지금도 많은 사람이 기억해주는 2009년에 방영된 환경 다큐멘터리 〈아마존의 눈물〉. 내게도 아마존에서 겪었던 일들이 마치 어제 일처럼 생생하다. 〈아마존의 눈물〉을 찍으면서 조에족을 만났고, 그들은 내 삶을 송두리째 바꿔놓았다.

250명 남짓한 조에족 부족민들은 달콤한 문명의 유혹을 뿌리친 채, 원시의 삶에 만족하며 하루하루 살아가고 있었다. 조에족은 평등한 공동체여서 추장이 없었지만, 부족민들은 사냥 솜씨가 탁월한 모닌이라는 이름의 청년을 리더로 인정하고 있었다. 부인이 세 명인 모닌은 대가족을 먹여 살리기 위해서 늘 사냥하러 다녔다. 밀림 속에서 그의 동작은 군더더기

하나 없었다. 뛰어다니거나 소리를 지르지 않고 아주 조용히 그리고 효율적으로 움직였다. 하지만 우리 촬영팀은 그를 쫓아가며 번번이 숨을 헐떡거렸다. 모닌은 우리가 보지도, 듣지도 못하는 것들을 모두 보고 들었다. 그가 나뭇잎을 따서 국자를 만들면 우리는 그제야 주위에 작은 강줄기가 흐른다는 것을 알았다. 그가 잎이 커다란 나무 밑으로 피하면 곧 비가 왔고, 그가 활을 겨누면 저 숲 너머 어딘가에 원숭이나 새가 있다는 것을 짐작할 수 있었다. 사냥감을 발견하면 그의 눈은 더욱 빛났다. 화살을 활에 대고 시위를 당기기까지 2~3초도 걸리지 않았다. 시위를 떠난 화살은 대부분 수십 미터 거리의 사냥감에 명중했다. 문명을 받아들인 다른 아마존 부족민처럼 총을 사용하는 것도 아닌데, 사냥 성공률은 절대 뒤떨어지지 않았다. 한번 사냥을 떠나면 원숭이든 사슴이든 아르마딜로든 뭐든 잡아 왔다. 사냥 운이 없다는 날도 무뚱이나 우루부 같은 커다란 새 한 마리쯤은 손에 들려 있었다. 목표물을 못 맞히고 허공으로 사라져 미로처럼 얽힌 밀림 속 어딘가로 떨어졌을 화살도 기가 막히게 찾아내 회수했다. 배가 고프면 강가의 물을 마시거나 나무에 가득한 열매들을 따 먹었다. 사냥은 반나절 만에 끝나기도 했지만, 며칠씩 밀림을 누비기도 했다.

환상적인 활 솜씨를 가진 조에족은 그들이 원하는 것보다 많이 사냥할 수도 있었지만, 욕심내지 않고 딱 필요한 만큼만 취했고 배고픔을 참을 줄도 알았다. 그래서 조에족 마을 인근에서는 사슴과 원숭이 같은 사냥감들이 쉽게 눈에 띄었다. 오히려 문명을 받아들여 총을 사용하게 된 부족들이 사냥에 어려움을 겪었다. 배고프지 않으면서도 산탄총으로 사냥감들을 남획한 탓에 주변의 멧돼지나 노루, 원숭이들은 급속히 씨가 말랐다. 이제 사냥에 성공하기 위해서는 더 좋은 총과 더 빠른 모터보트가 필요했다. 욕심은 한 지역 생명체의 멸종을 낳으며 인간을 더욱 힘들게 만들고 있었다.

조에족은 달랐다. 그들은 잡은 사냥감을 가족뿐 아니라 마을 사람들 전체와 나눠 먹었다. 아이를 함께 키우고 노인을 함께 보살폈다. 사냥감을 찾아 다른 곳으로 이동할 때면 쓰레기 하나 남기지 않았고 항상 자연과 공존하며 살았다.

조에족을 만난 지 어느덧 10년이 훌쩍 넘었다. 두 번 다시 못 만날 줄 알았는데, 뜻밖의 장소에서 그들과 마주했다. 프랑스 아비뇽의 교황청에서였다. 여행 중에 우연히 들른 그곳에서는 아마존 원주민들을 담은 사진전이 열리고 있었다. 여러 원주민 사진 중 턱에 뽀뚜루를 꽂은 반가운 모습의 조에족이 있었다. 열 장 정도의 사진 속에는 모닌도 있었다. 그는 나이가 조금 든 얼굴이었지만, 여전히 원시의 힘이 느껴지는 건강한 모습이었다. 카메라 렌즈를 정면으로 처다보는 모닌의 얼굴을 보니,《오래된 미래》라는 책이 떠올랐다.

《오래된 미래》는 히말라야의 라다크 마을에 외부 문명이 들어오며 공동체가 파괴된 과정 그리고 다시 회복하는 방법과 가능성을 환경운동가인 헬레나 노르베리 호지의 관점에서 다루고 있다. 이 책의 가장 중요한 메시지는 '인류에게는 앞으로도 지속될 수 있는 미래가 분명히 있으며, 그것은 전 지구가 생태적 다양성을 회복하는 일'이라는 것이다.

미래에 대한 해답은 과거에 있다. 인류는 과거에 탐욕을 부리기보다 주변과 공존하고자 노력했다. 지구가 재생하고 회복할 수 있을 만큼의 자원만 썼다. 겨울에는 조금 춥게, 여름에는 조금 덥게 생활했다. 두 다리로 길을 걸었다. 조금은 불편하지만, 자연의 흐름에 삶을 맡기고 거스르지 않았다.

물론, 우리가 지금 당장 과거의 삶으로 돌아간다거나 조에족의 방식대로 살 수는 없다. 그렇다고 불편함의 길을 아예 포기한다면, 지구 역시 인류를 포기하는 것은 시간문제다.

배달 음식의 플라스틱 포장 용기를 뜯을 때, 쇼핑센터에서 최신 유행의 옷을 살 때, 한밤의 도시를 환하게 비추는 화려한 불빛을 바라볼 때면, 저 먼 남극 한 귀퉁이에서 엄마를 기다리며 울고 있던 황제펭귄 새끼가, 배고픔에 지쳐 이누이트 마을로 내려와 쓰레기통을 뒤지던 북극곰이, 호주 사막의 거대한 도로 한복판에서 차에 치여 죽어 있던 캥거루들이 떠오른다.

우리는 지구의 주인이 아니다. 수백만 종의 생명 중 하나일 뿐이고, 앞으로 그 생명이 살아가야 하는 지구의 일부를 잠시 빌려 사는 것뿐이다. 그런데도 인간은 지구의 모든 자원을 독차지하고 마구잡이로 파괴하고 있다. 그 결과 이상기후와 해수면 상승, 그리고 생태계 교란이 시시각각 위험 수준을 넘어서고 있다. 한계에 다다른 지구가 인류를 완전히 버리기 전에 우리는 무엇을 해야 할까?

이 책에는 지난 10여 년간 다큐멘터리 제작을 위해 북극, 남극, 아마존, 시베리아, 캄차카의 오지를 비롯해 지구 곳곳을 다니면서 직접 경험하며 느낀 고민을 담았다. 다큐멘터리의 가장 커다란 가치는 '정보의 전달'이다. 정보는 속성상 소수가 독점해야 가치가 올라간다. 하지만 환경에 대한 정보는 여럿이 공유하면 공유할수록 가치가 올라간다. 더 늦기 전에 함께 고민하고 서로 연대한다면 정부의 정책을, 우리 삶의 방식을, 지구의 미래를 바꿀 수 있으리라 믿는다.

차례

왕관을

잃어버린

곰

1

곰,
잃어버린 왕관을
다시 찾을 수 있을까

곰은 수천 년간 한반도에 살고 있었다. 단군신화가 이를 증명한다. 신기하게도 한반도건 북극이건 유럽이건 러시아건 중국이건 미국이건 곰이 살아가는 곳 어디든 곰 신화가 존재한다. 그 신화 속에는 공통의 내용이 있다. 바로 곰이 인간이 되거나, 인간이 곰이 된다는 것이다. 인간들은 오래전부터 곰을 숭배했고 곰과 하나가 되고 싶어 했다. 사자도, 호랑이도 곰만큼 많은 신화를 만들어내지는 못했다.

2019년 MBC 창사특집 UHD 다큐멘터리 〈곰〉을 촬영하면서 프랑스 남부 론알프스에 있는 쇼베동굴을 방문했다. 세상에서 가장 오래된 동굴인 이곳에는 선사시대 인간들이 남긴 벽화와 유물이 있다. 그 당시, 거대한 바위가 굴러떨어져 동굴 입구를 막는 바람에 굴의 내부는 약 3만 년의 시간 동안 외부 세계로부터 격리되었다. 1994년이 되어서야 비로소 장마리 쇼베가 이끄는 탐사대가 우연히 동굴을 발견했고, 그 존재를 세상에 알렸다. 그 덕에 긴 세월에도 불구하고 동굴 안 유적들의 보존 상태는 완벽에 가깝다.

수백 점의 예술적인 벽화가 존재하는 쇼베동굴 안에는 독특한 제단이 있다. 제단 역할을 하는 중앙 바위의 한가운데에

단정히 놓인 곰의 머리뼈를 향해 곰의 다른 뼈들이 원을 그리며 가지런히 정렬되어 있다. 쇼베동굴 큐레이터는 이 제단이 종교의식과 관련 있을 거라고 했다. 후기 구석기인들이 곰을 숭배했다고 보인다는 것이다. 사실 종교학자 중 일부는 종교의 시작이 바로 곰 숭배에서 비롯했다고 주장하기도 한다.

　　지금의 우리는 백수의 제왕을 사자로 알고 있지만, 사실 동물의 왕은 곰이다. 선사시대 때부터 전해지는 수많은 벽화와 문서가 그 증거다. 하지만 13세기 이후 유럽의 귀족들은 사자를 동물의 왕이라고 칭하며 가문의 문장紋章에 새기고는 했다. 사자는 유럽에 서식하지도 않는데 말이다. 그렇다면 사자가 어떻게 곰을 폐위하고 백수의 제왕 자리에 올라간 것일까. 곰보다 사자가 세니까 그런 것 아니냐고 할 수도 있겠지만, 곰과 사자는 살아가는 환경이 매우 달라서 자연 상태에서 둘이 맞붙어 싸울 확률은 극히 희박하다. 곰은 주로 숲에 살고 사자는 아프리카의 초원에서 산다.

　　그럼에도 불구하고 진짜로 곰과 사자가 싸운다면?

　　로마제국 시기, 심심했던 로마인들은 아프리카에서 사자를 데려와서 콜로세움에 풀어놓고 곰과 인위적으로 결투를

시키고는 했다. 그때의 기록에 의하면 대부분 곰이 이겼다.

이렇게 엄청난 싸움꾼인 곰과 일대일로 만난다면 어떻게 해야 할까?

다행히도 곰은 인간과 사는 영역이 달라서, 곰이 사는 숲을 침범하지 않는 한 그들이 먼저 사람의 영역을 공격하는 일은 드물다. 하지만 개발로 인해 곰이 사는 숲이 급격히 줄어들었고, 이로 인해 먹잇감이 사라지면서 먹이를 구하려는 곰과 사람이 맞닥뜨리는 경우가 종종 발생하게 되었다.

곰과 마주쳤을 때 전속력으로 도망치는 것은 쓸데없는 짓이다. 곰은 100미터를 7초대에 주파하기 때문에 우사인 볼트라도 숲에서 곰을 따돌릴 수는 없다. 체력이 엄청나서 20분 이상을 전속력으로 달릴 수도 있다. 그리고 곰과 같은 맹수에게 등을 보인다는 것은 자살행위나 다름없다. 절대 등을 보이고 도망가서는 안 된다. 《이솝 우화》에서는 죽은 척하는 것으로 곰을 따돌린 사람의 이야기가 나오는데 그 역시 잘못된 정보다. 〈곰〉을 제작하면서 수많은 곰 전문가와 곰 사냥꾼을 만났는데, 그들은 한결같이 이렇게 말했다.

"죽은 척하면 진짜 죽을 수도 있어요. 곰은 죽은 고기를 잘

먹거든요. 썩은 고기도 좋아하죠."

나무에 올라가는 것도 안 된다. 곰들은 나무와 나무 사이를 원숭이처럼 날아다닌다. 물에 들어가는 것도 무쓸모. 인간이 하는 대부분의 행동을 곰도 할 수 있다고 보면 된다. 더군다나 힘은 몇 배로 강력하다. 인간에게는 총이 있지만, 불곰이나 북극곰 같은 거대 맹수는 총알을 몇 발 맞고도 굴하지 않고 달려든다. 총으로 잘못 위협했다가는 같이 죽을 수도 있다.

내가 만난 전문가들의 이야기를 종합해보면, 숲에서 곰을 만났을 때 할 수 있는 가장 효과적인 행동은 '가만히 있기'다. 곰이 아직 우리 존재를 눈치채지 못했다면 뒷걸음질로 천천히 빠져나와야 한다. 만약 곰이 눈치를 채고 다가오기 시작하면 두 손을 머리 위로 번쩍 들어 올리자. 항복한다는 뜻의 행동은 아니다. 설마 사람이 항복했다고 곰이 그냥 보내줄까……. 곰은 자기보다 큰 상대에게 함부로 덤비지 않으니, 최후의 수단으로 가능한 한 몸을 크게 만들어보자는 거다. 지리산 반달곰의 키는 보통 150센티미터 내외이므로, 사람이 두 손을 번쩍 들면 충분히 곰보다 커 보일 수 있다. 그렇다고 해서 북극곰 앞에서까지 그러지는 말기를. 북극곰은 몸길이가 3미터에 달할 만큼 압도적으로 크다. 사람이 아무리 손을 번쩍 들어도 북극곰 어깨 정도에도 닿기 힘들다. 북극곰을 평지에서 만났다면 현실을 있는 그대로 받아들이는 수밖에······.

곰의 이런 강인함에 옛사람들은 경외감을 느꼈고, 그렇게 곰 신화가 생겨났다. 인간들은 곰의 가죽을 입고 전쟁에 나갔으며, 집 안에 곰의 신위神位를 모셔두고 곰 축제를 열었다. 그뿐만 아니다. 스위스의 베른, 독일의 베를린 같은 도시 이름은 곰을 뜻하는 독일어 '베르Bär'에서 유래되었다. 그리스의 열두 신 중 사냥의 신인 아르테미스, 영국 아서왕의 이름 역시 곰을 뜻한다.

기독교는 이런 곰을 못마땅하게 여겼다. 곰이 사람이 되거나 곰과 인간 사이에서 태어난 자식이 영웅이 된다는 내용은 기독교 전파를 방해했다. 켈트족이나 슬라브족 등의 곰 숭배 사상 역시 마찬가지였다. 특히 곰이 사라지면(동면) 숲에 죽음(겨울)이 찾아오고 곰이 돌아와야 만물이 소생한다는 민간신앙 속 이야기는 예수가 아닌 곰을 부활의 상징처럼 만들었다. 중세 교회는 곰을 척결해야 할 이교도 혹은 미신으로 만들어야 했다. 프랑크왕국의 카롤루스대제는 교회의 대변자를 자처하며 유럽에서 여러 차례 대대적인 곰 학살을 일으켰고, 교회는 곰을 음탕하고 게으르고 더러운 존재로 홍보했다. 그리고 아프리카에 사는 사자를 데려다가 동물의 왕좌에 앉혔다.

교회가 앞장서 자행한 곰 학살로 인해 서유럽의 곰은 말살되었다. 영국, 프랑스, 독일은 물론 스위스에도 더는 곰이 없다. 그런데도 여전히 유럽에는 곰을 숭배하고 곰 축제를 여는 민족들이 있다. 다른 대륙에도 마찬가지다. 또한, 곰은 귀여운 캐릭터로 제작되어 인형으로도 만들어졌고 지금도 사람 아기들의 첫 번째 친구가 되어준다. 이는 인간의 DNA 속에 곰과 친해지고 싶다는 소망이 남아 있기 때문 아닐까.

곰은 자연 상태에서 마주하면 가장 무서운 존재지만, 인류의 오랜 역사 동안 우리 옆에 있었다. 인간이 초래한 기후변화와 개발 등 여러 문제로 인해 지금은 그 수가 점점 줄어들고 있지만, 〈곰〉을 제작하면서 곰은 반드시 계속 우리 곁에 존재해야 한다는 것을 알았다.

곰은 기후변화를 막는 최후의 전사다. 곰을 이 땅에서 살게 하려면 숲부터 보호해야 한다. 엄청난 탄소와 물을 저장하고 이산화탄소를 걸러주는 숲은 지구의 사막화를 막는 마지막 보루 같은 존재다. 곰은 먹이 활동 과정을 통해 숲의 다양한 생명이 더 잘 살 수 있도록 돕는다. 곰이 먹이를 구하려고 숲을 돌아다니며 나뭇가지를 밟고 헤치며 부러뜨리면 숲 깊은 곳까지 햇빛이 들어가 식물들이 잘 자랄 수 있다. 그뿐만 아니라, 이리저리 돌아다니며 배변 활동을 해서 식생지가 더 넓어질 수도 있다. 곰이 소화하지 못하고 배설물과 함께 배출하는 식물 씨앗들은 일반적인 씨앗보다 싹이 잘 튼다. 다양한 식물들이 잘 자라면, 그것을 먹이로 삼는 다른 동물들도 번성할 수 있다. 결국, 곰을 위해 서식지를 보존하면 다양한 종의 생명체가 그곳에서 살아갈 수 있다. 한 종을 보호하면 다른 종도 보호된다는 의미의 우산종umbrella species으로 곰이 불리는 이유다.

이 정도면 곰이 다시 백수의 제왕 자리에 올라가도 충분하지 않을까? 과학이 아무리 발전한다고 하더라도 곰을 숭배하는 마음이 계속되기를 바라는 것은 이런 이유 때문이다. 나는 그 마음이 곰을, 숲을, 지구의 환경을, 우리를 지킬 것이라고 믿는다.

시레토코에는
연어가
오지 않는다

일본에는 우리가 생각하는 것보다 훨씬 많은 수의 곰이 산다. 한 해 신고되는 야생곰 출몰 건수가 1만 건을 훌쩍 넘는다. 특히 홋카이도는 지구상에서 단위면적당 가장 많은 불곰이 사는 곳이다.

일본에 서식하는 곰에 대해 알아보다가 '시레토코'라는 지역을 알게 되었다. 그곳에는 일본 본토 사람들과는 전혀 다르게 생긴 홋카이도 원주민 아이누족이 사는데, 시레토코라는 말은 그들의 언어로 세상의 끝을 의미한다고 했다.

홋카이도의 북동쪽 끝에 있는 시레토코 앞바다에서는 북극으로부터 흘러오는 유빙을 볼 수 있다. 유네스코 세계자연유산으로 선정된 곳인 만큼 고래와 여우, 사슴 그리고 곰도 산다고 했다. 곰이라……. 흠……. 이 정보를 알게 된 이상 꼭 시레토코의 곰을 카메라에 담고 싶었다. 수소문 끝에 시레토코에서 곰을 취재해본 적이 있다는 일본 후지TV 프로듀서를 찾아냈고, 도쿄에서 그를 만났다.

"시레토코에 곰이 많기는 하지만 직접 볼 수 있다고 장담할 수는 없어요."

곰이 많이 사는 곳이라고는 하지만, 무턱대고 시레토코에 가서 곰을 만나기란 하늘의 별 따기만큼 어렵다는 말이었다. 그도 그럴 것이 그곳은 도쿄 면적의 두 배에 달하는 원시림이 다. 설사 운 좋게 곰을 만나더라도, 곰이 울창한 숲으로 바로 숨어버리면 따라잡는 게 불가능하다. 무거운 촬영 장비를 이 고 지고 그 빠른 곰을 쫓아갈 수는 없다. 물론, 곰이 숲으로 숨 지 않고 우리한테 직진하면 더 큰일이지만…….

사실, 〈곰〉을 찍는 동안 늘 진퇴양난이었다. 곰이 없어도 고민, 곰이 있어도 고민……. 곰에 대한 다큐멘터리를 제작하 기로 한 이상, 어느 정도의 위험은 감수해야 했지만 곰을 보기 어렵다면 시레토코를 포기하는 게 나을 수도 있었다.

고민이 깊어지던 순간, 후지TV 프로듀서가 불쑥 별일 아 니라는 듯이 말을 던졌다.

"시레토코반도 끝 쪽에 작은 어업기지가 있는데 그 주변 에서는 매일 곰을 볼 수 있습니다. 해안가라 곰이 잘 보여서 촬영하기도 편하죠."

아니…… 그러면 그 이야기를 먼저 해주면 되지 않나? 안 도의 숨을 내쉬며 기분이 좋아지는 찰나…….

"촬영하려면 어업기지 주인인 오세 씨의 허락을 받아야 하는데, 그 양반이 방송사 촬영팀이라면 질색해서 쉽지는 않을 겁니다."

비관적인 소식에 다시 낙담하려는 순간…….

"하지만 제가 오세 씨와 친하답니다. 제가 미리 이야기해놓으면 촬영을 허락해줄 겁니다."

사람을 들었다 났다 하는 이 일본인 프로듀서의 정체는 대체 뭐지?

어찌 됐든 결국, 프로듀서의 소개로 오세 씨를 만났다. 여든이 훌쩍 넘은 인자한 인상의 오세 씨는 시레토코 어부들의 존경을 한 몸에 받는 전설적인 연어잡이였다. 다행히 오세 씨는 한국에 호감이 있어서, 우리가 보름간 어업기지에 묵으며 촬영하는 것을 허락해주었다. 이곳에서는 단 한 번도 곰이 인간을 공격한 적 없으니 걱정하지 말고 촬영해도 된다는 말도 덧붙였다. 이런 기특한 곰들 같으니라고…….

바다로 떠났던 수백만 마리의 연어들은 여름철이 되면 산란하기 위해 시레토코로 돌아온다. 그것들을 잡아 어부들은 생계를 꾸리고 곰은 동면을 위해 살을 찌운다.

바로 그 연어가 돌아오는 8월, 우리는 시레토코에서 곰 촬영을 시작했다.

시레토코국립공원의 험한 비포장도로를 두 시간가량 달려 바닷가에 있는 어업기지에 도착했다. 가는 길에 사슴도 만나고 여우도 만났다. 한국과 가까운 홋카이도의 자연이 이렇게 잘 보존되어 있다는 것에 새삼 놀랐다.

드디어, 긴 여정 끝에 곰을 만났다. 어업기지에 짐을 풀고 해안가로 나가보니 곰 몇 마리가 눈에 띄었다. 그런데…… 처음에는 곰을 만난 사실 자체가 기뻐서 잘 몰랐는데 자세히 보니 다들 상태가 안 좋은 것 같았다. 너무 말라서 오소리나 늑대처럼 보일 정도였다. 반달곰도 아니고 명색이 곰 중에 가장 무겁고 거대하다는 불곰인데…… 너무 왜소했다.

곰들은 바다와 인접한 강의 하구에 모여서 연어를 잡고 있었는데 매번 허탕이었다. 촬영을 시작하고 며칠이 지난 후에도 여전히 곰들은 연어를 잡아먹지 못했다. 쉬지 않고 격렬하게 물을 헤치며 달려가서 앞발로 연어를 잡으려고 용을 썼지만, 연어는 잡히지 않았다. 혹시 연어가 없는데 우리한테 보여주려고 연기를 하는 것은 아닌가 하는 생각이 들 정도였다. 하지만 연어는 많았다. 연안에서는 어선들이 연신 그물을 올리며 연어를 잡아들이고 있었다. 짜증이 났는지, 곰 한 마리가 배 근처로 헤엄쳐 가기 시작했다. 100미터 정도 갔을까? 곰 스스로도 이건 아니다 싶었는지 입맛을 다시며 다시 뭍으로 방향을 돌렸다. 계속 허탕을 치던 곰들은 지쳐버린 나머지 해안가에 널브러져 잠이 들고는 했다.

"올해처럼 연어가 강으로 올라가지 못했던 적은 처음이네요."

60년 이상 이곳에서 연어를 잡았다는 오세 씨마저 고개를 갸웃거렸다. 바다에서 돌아온 연어들이 강을 거슬러 올라가 알을 낳을 때가 됐는데, 여전히 바닷가에 머물고 있다고 했다. 연어들이 얕은 강을 거슬러 올라갈 때 불곰들이 진을 치고 사냥하는 것이 일반적인데, 연어들이 강으로 올라오지 않고 있으니 배고픈 불곰들이 기다리지 못하고 바다까지 내려와 연어를 잡기 시작한 것이다. 발목보다 얕은 강에서 연어를 잡는 것과 깊은 바다에서 연어를 잡는 것은 천지 차이다. 곰이 바다에서 연어를 잡기란, 애초에 불가능하다.

"강물이 많이 말랐기 때문인 것 같군요."

연어들이 강으로 가지 못하는 이유를 오세 씨가 말해줬다. 강에 물이 어느 정도 있어야 연어들이 바다에서부터 강 상류까지 거슬러 올라가 알을 낳을 텐데, 수위가 충분히 높지 않으니 연어들도 움직이지 못하고 있었다.

최근, 시레토코 지역은 가뭄으로 인해 강수량이 급격히 줄어들었다. 그로 인해 예상 일정에서 일주일이 더 지나도 연어들은 바다에서 움직이지 않았고, 곰들은 연어 사냥에 허탕을 치며 계속 야위어갔다. 곰 바로 뒤편에 있는 어선들이 연어를 가득 잡아 올리는 것과 너무 다른 장면이었다. 지친 곰들은 어선을 원망스럽게 바라보고는 했다.

기후를 변화시키는 것은 인간인데, 그로 인해 고통을 겪는 것은 곰들이었다. 날씨가 급격히 뜨거워지면서 오랜 기간 규칙을 지켜오던 자연이 어느 한순간 바뀌어버렸다. 곰들은 수백, 수천 년간 이맘때쯤이면 당연히 강을 향해 올라오던 연어들이 왜 지금은 보이지 않는지 영문도 모른 채 굶주리고 있었다. 배고픔을 참지 못한 한 엄마 곰은 새끼 곰 세 마리를 데리고 바닷가에 나타났다. 엄마 곰들은 보통 수곰들이 가득한 곳은 피한다. 자신은 물론 새끼 곰도 수곰에게 먹힐 수 있기 때문이다. 그 모든 장면이 위태해 보였다.

우리가 할 수 있는 일이라고는 비가 오기를 간절히 바라는 것밖에 없었다. 그래야 강물 수위가 높아지고, 연어가 올라오고, 곰들이 배를 채울 수 있을 테니까. 다행히 촬영이 끝나기 며칠 전 태풍이 불기 시작했고 큰비가 왔다. 드디어 때가 되었다는 듯, 연어들이 힘차게 바다에서 강으로 올라오기 시작했다. 굶주렸던 곰들도 비로소 연어를 실컷 먹을 수 있게 되었다. 신나게 사냥하고 배를 불린 곰들은 은근히 웃상이었다. 그 표정을 볼 수 있어서 다행이었다.

시레토코의 곰들이 겪은 고통은 그해 그곳의 곰들만 겪은 불운이 아니다. 현재 동아프리카에서는 사람들이 48초당 한 명씩 굶주림으로 죽어가고 있다. 러시아의 우크라이나 침공으로 인한 곡물 가격 상승이 사막화와 더해지면서 나타난 비극이다. 비가 오지 않아 아프리카는 물론 중국과 몽골도 농지가 황폐해지면서 사막으로 변해가고 있다. 유럽도 마찬가지다. 2022년 여름, 유럽에 닥친 가뭄으로 프랑스의 루아르강과 독일의 라인강은 바닥을 드러냈고 마을을 아름답게 장식한 분수들은 작동을 멈춘 채 말라버렸다. 이러다가는 집 앞 잔디에 물을 주는 것은 고사하고 사람이 마실 물마저 부족해질 것이다.

기후변화는 말 그대로 기후가 변화하는 것이다. 다만, 단기간의 변화가 아닌 10년 이상의 경향성을 띠는 변화를 의미한다. 지난 수십 년 동안 지구는 급격히 뜨거워졌으며, 그 기세는 꺾일 기미조차 없다. 기후변화가 야기하는 해수면 상승, 대형 산불, 사막화, 이상기후는 이제 인간을 향하고 있다. 시레토코의 곰들만 고통받는 것은 공평하지 않다.

고라니가
멸종
위기종이라니

"아아아학!"

요즘, 개인기라며 고라니 울음소리를 흉내 내는 사람들이 있다. 우리가 주로 만나게 되는 고라니는 저 멀리 들판을 전속력으로 가로지르는 모습이라 실제 녀석들의 울음소리를 들어본 사람은 별로 없을 것이다. 사슴처럼 귀여운 애들이 설마 저런 괴상한 울음소리를 내냐고 생각할 수 있겠지만, 실제로는 훨씬 더 기괴하게 운다. 유튜브에서 '고라니 울음소리'를 검색해보면 좀 으스스한 느낌마저 들 것이다.

우리에게 너무 낯익지만, 때론 낯설기도 한 고라니는 해외에 자랑할 만한 야생동물이다. 개체 수도 많은 데다가 먹성이 좋아 농작물을 마구 작살내고, 한밤중에 갑자기 도로로 뛰어드는 바람에 운전자의 심장을 쫄깃하게 만들어 민폐의 아이콘으로 낙인찍혀 있지만, 고라니는 세계자연보전연맹 지정 멸종 위기종이다. 해외 다큐멘터리 관계자들은 우리나라에 고라니가 지천으로 널려 있으며 사냥도 가능한 유해조수라는 이야기를 들으면 깜짝 놀란다. 한 해에 포획되거나 로드킬을 당하는 고라니의 숫자만 15만 마리에 달할 정도라는 사실을 알면 자지러질 수도 있다.

전 세계 고라니의 90퍼센트가 한반도에 산다. 또한, 멧돼지, 여우, 수달, 삵처럼 고라니도 순우리말이다. 이쯤 되면, 한국은 고라니의 천국이요, 고라니는 대표적인 우리 야생동물이라는 데 이의를 제기하는 사람은 없을 것 같다.

고라니는 다른 사슴과科 동물과 달리, 뿔 대신 송곳니가 길게 자라기 때문에 흡혈귀를 닮았다고 해서 다른 나라에서는 뱀파이어 디어vampire deer라고도 불린다. 이름값을 하듯, 싸우거나 구애할 때 내는 울음소리도 엄청 기괴하고 무섭다. 물론, 직접 보면 15킬로그램도 안 나가는 몸집에 초롱초롱한 눈망울 그리고 토끼 같은 귀까지, 엄청 앙증맞고 귀엽지만 말이다.

이렇게 다양한 매력을 가진 녀석들은 대부분 습지나 하천 주변에 산다. 물가에 자라는 풀을 먹고 천적을 피하기 위해서다. 수영의 천재들이라 영국에서는 워터 디어water deer라 불리기도 하는 만큼, 비무장지대 인근의 장항습지 같은 곳에서 촬영하다 보면 해가 미처 뜨지 않은 새벽녘에 안개 낀 호수를 유유히 헤엄치는 고라니를 만날 수 있다. 다른 나라의 코뿔소나 버펄로 등을 보면서 부러웠던 자연의 풍성함을 한반도에서도 느낄 수 있는 순간이다. '그래, 우리에게는 고라니가 있어!' 하는 자부심 같은 것이 뿜뿜 솟는달까.

우리나라에서 고라니가 이렇게 번식할 수 있었던 것은 일본의 영향 때문이다. 일제강점기 때, 조선총독부는 사람과 재산에 위해를 끼치는 해수害獸를 없앤다는 명분으로 한반도 내 대형 포식동물을 퇴치하기 시작했다. 그로 인해 호랑이, 표범, 곰 같은 개체들이 이 땅에서 사라지고 말았다. 천적이 사라진 곳은 멧돼지와 고라니 같은 야생동물에게 낙원이 되었고, 그 결과 지금 한반도는 고라니 최다 보유국이 되었다.

우리나라를 제외하고 고라니가 사는 유일한 곳은 중국이다. 하지만 그곳에는 고라니를 잡아먹는 포식동물이 아직 존재한다. 물론 밀렵도 남아 있다. 중국의 고라니 개체 수는 수천 마리, 많아도 1만 마리 정도로 추정되는데 이는 우리나라와 비교하면 미미한 수준이다.

세계 멸종 위기종이 한반도에는 수십만 마리나 살아가고 있으니 자부심은 들지만, 한편으로는 과연 이게 정상일까 하는 의문도 든다.

가끔 농가로 내려와 한 해 농사를 망쳐놓거나, 교통사고를 유발하기도 하는 고라니들은 천덕꾸러기 신세다. 심지어 천적이 없는 탓에 개체 수는 계속 증가하고 있다. 이 비슷한 예가 19세기 미국에서도 있었다.

한때, 옐로스톤국립공원은 늑대 때문에 골머리를 앓았다. 늑대가 시도 때도 없이 민가에 내려와 가축들을 물어 갔기 때문이다. 결국, 늑대 소탕이 본격적으로 이뤄졌고 1926년 이후 옐로스톤에서는 늑대가 자취를 감췄다. 과연 그 후에 평화가 찾아왔을까? 그렇지 못했다. 늑대가 사라진 옐로스톤국립공원의 땅과 나무 그리고 강까지 피폐해졌다. 시작은 엘크elk라고도 불리는 말코손바닥사슴이었다. 그곳의 늑대들은 사슴 중 가장 몸집이 큰 말코손바닥사슴을 사냥해 먹고살았다. 그런 늑대가 사라지자, 말코손바닥사슴의 개체 수는 급격히 늘어났고 이들은 언덕과 초지의 초목을 먹어치웠다. 어린 사시나무와 버드나무가 자랄 틈이 없었다. 풀숲이 없어진 강둑은 무너지기 일쑤였고, 이는 물고기 생태계에도 영향을 미쳤다. 큰 나무가 줄어들자, 비버는 댐을 만들 재료를 구할 수 없었다. 비버가 댐을 만들지 못하자 홍수가 잦아졌다. 이 사단의 원인인 말코손바닥사슴은 생존경쟁을 하다가 수가 급감했고, 시간이 지나면서 천적이 없는 탓에 다시 그 수가 급증하는 등 개체 수가 롤러코스터처럼 춤을 췄다.

옐로스톤국립공원을 다시 정상화한 방법은 무엇이었을까? 관계자들은 긴 논의와 준비 끝에 사라졌던 늑대를 다시 불러오기로 했다. 캐나다에서 데려온 늑대 열네 마리를 시작으로 1995년부터 순차적으로 옐로스톤에 늑대들을 풀었다. 늑대가 돌아오자, 말코손바닥사슴 수가 줄어들었고 강변 나무 일부는 6년 동안 키가 다섯 배 더 자랐다. 나무는 물에 그림자를 드리워 물고기에게 은신처를 제공했고, 씨앗과 묘목의 생존율도 높아졌다. 다양한 나무가 자라고 희귀한 새들이 돌아왔다. 비버, 들소, 수달, 사향쥐, 물고기, 개구리가 살기 좋아졌고 토양도 회복될 조짐을 보였으며 곰의 개체 수까지 증가했다.

이 이야기가 다소 극적으로 과장되어 전해진 것일 수도 있다. 하지만 옐로스톤에 늑대가 복귀하면서 여러 가지 영향과 효과들이 발생한 것에 대해서는 전문가들도 동의하고 있다.

물론, 한반도 숲에 이미 멸종된 표범이나 호랑이를 풀어놓자는 것은 아니다. 설사 그런다고 하더라도 고라니 문제가 바로 해결되지는 않을 것이다. 오히려 표범과 호랑이가 새로운 문제를 일으킬 가능성이 더 클 수 있다. 옐로스톤국립공원 일화가 주는 교훈은 인간이 임의로 자연의 종을 없애거나 바꾸는 것이 매우 위험한 일이라는 것이다. 그러니 지금의 우리가 할 수 있고 해야 하는 일은 고라니와 공존하는 방법을 찾아 그들과 함께 살아가는 것이 전부다. 천적이 없는 고라니의 개체 수가 지금은 증가하고 있다고 해도 생존경쟁이 과열되다 보면 어느 날 갑자기 멸종의 길로 치달을 수도 있다. 고라니가 사라지면 한반도의 숲에 어떤 일이 발생할지 우리는 아직 알지 못한다. 또, 우리나라에서 고라니가 사라진다는 것은 결국 지구상에서 고라니가 멸종하는 것과 같다. 한 종이 사라지면 자연은 우리에게 반드시 어떤 대가를 치르게 한다. 옐로스톤의 늑대가 사라지면서 홍수가 찾아온 것처럼 말이다.

눈에는 잘 띄지 않지만, 우리 주변에는 수많은 야생동물이 있고, 그들은 자연과 절묘한 균형을 이루고 있다. 인간에 의해 이 균형이 깨어지고 야생동물이 사라진다면, 우리 인간도 살기 어려워진다는 것을 하루빨리 깨달아야 한다.

판다는
왜
쓰촨에만 사는 걸까

남극대륙에서 황제펭귄을 만났을 때, 황제펭귄의 새끼야말로 지구상에 사는 가장 아름답고 사랑스러운 생명체라 생각했다. 흰색, 회색, 검은색의 세 가지 털 색깔이 그리 완벽하게 배합되기란, 황제펭귄 새끼가 아니고는 불가능하다. 그 완벽한 미모의 아기 펭귄이 두 발로 쫑쫑쫑 걸어가는 모습을 보면, 영하 30~40도의 남극대륙에서 칼바람을 맞고 있어도 추위를 잊을 만큼 훈훈함을 느끼고는 했다.

그런데!

황제펭귄의 새끼와 어깨를 나란히 할 만큼 사랑스러운 생명체를 지구에서 또 만나게 되었다.

바로, 판다다.

쓰촨의 판다 보호구역에서 나무 꼭대기에 매달린 새끼 판다의 엉덩이를 보는 순간, 사랑에 빠질 수밖에 없었다. 흰색과 검은색뿐인데, 그렇게 예쁠 수가 없었다. 꼬물거리는 동작 하나하나가 이래도 귀엽지 않으냐며 앙탈을 부리는 듯했다. 보호구역 내 연구센터에는 판다 유치원이 있는데, 엄마 판다로부터 분리된 스무 마리 정도의 어린 판다들이 그곳에서 지내고 있었다. 그 많은 자그마한 녀석들이 한꺼번에 꼬물거리니, 귀여움에 정신이 혼미해질 지경이었다.

중국 정부는 연구센터에서 태어난 새끼를 쓰촨 보호구역에 방사할 무리와 시설에서 키우며 관람객에게 공개하면서 번식용으로 이용할 무리로 철저히 구분해 관리한다. 자연으로 돌아갈 새끼들은 엄마 판다가 직접 키우게 하고 인간들의 개입을 극도로 자제한다. 인간 손에 길들면 자꾸 민가로 오기 때문에 자연 적응이 어려워진다. 그런 이유로 방사용 새끼들을 촬영하려면 촬영팀도 판다 흉내를 내야 한다. 무슨 재롱 잔치도 아니고 더운 여름에 털로 된 판다 옷을 입고 촬영하다 보면 땀이 비 오듯 쏟아진다. 더 큰 문제는 옷에 묻힌 판다의 배설물 냄새다. 인간의 냄새를 지우기 위해 옷 여기저기에 판다 똥을 바르는데, 과연 이것을 입으면 새끼 판다들이 '아, 너희들도 판다구나……'라고 생각할지 의문이 들었다. 그래도 뭐, 중국 정부의 방침이니 어쩔 수 없다. 그렇게 힘든 것도 잠시. 새끼 판다가 눈앞에서 땅바닥을 구르며 까르르 한 번만 해주면 그깟 더위와 냄새 따위는 한 방에 날아갔다.

판다는 생물학적 특성 때문에 한때 너구릿과科로 분류되

기도 했지만, 1985년《네이처Nature》에 너구리가 아닌 곰에 가깝다는 연구 결과가 실리면서 곰과科로 최종 분류되었다. 하루 15킬로그램 정도의 대나무를 거의 열다섯 시간 동안 공들여 먹는데, 먹는 시간 빼고는 대부분 잠만 잔다. 심지어 온종일 먹고 자고, 또다시 먹고 자는데 그 모습조차 귀엽다.

과거에는 판다가 중국 중남부와 베트남 지역에 널리 분포했지만, 지금은 중국 남서부의 쓰촨성에만 남아 있다. 이제 유일하게 중국에서만 살아가는 판다는 자연스럽게 중국의 상징이 되어 외교에 이용된다. 미국, 캐나다 그리고 유럽의 수많은 나라가 판다를 데려오고 싶어 줄을 섰다. 이유는 간단하다. 너무너무 귀여우니까. 하지만 중국은 호락호락 아무한테나 판다를 넘겨주지 않는다. 마음에 드는 나라에만 준다. 아예 주는 것도 아니고 돈을 받고 빌려준다. 연구비 명목의 연간 대여료가 한 쌍에 15억 원이 넘고 보험이나 제반 비용까지 합치면 엄청난 금액이 든다. 1990년대 후반, 한국은 외환 위기를 맞으면서 경비 감당이 어려워 과거에 데려왔던 판다를 중국에 반환했다가 2016년이 돼서야 다시 판다 암수 한 쌍을 데려왔다. 2014년에 시진핑 주석이 한국을 방문하면서 친선 도모 차원으로 약속한 덕분이었다. 그로부터 4년 후, 에버랜드에서 드디어 새끼 판다 푸바오가 태어났다. 기쁜 일이었지만 그것도 잠시뿐이다. 머지않아 푸바오를 중국으로 반환해야 한다. 판다의 소유권은 중국에만 있기 때문이다. 이 모든 사태는 판다가 그만큼 귀하다는 방증이다.

중국 정부의 강력한 보호 정책과 인공수정 등을 통해 판다는 최근 들어 멸종 위기종에서 간신히 벗어났지만, 여전히 개체 수는 불안한 상태다. 어떤 사람들은 판다가 성욕이 낮아서 멸종으로 치닫고 있다고 하지만, 이는 사실과 다르다. 판다 연구 초기에는 관련 정보도 부족했고 사육 환경도 열악했다. 그런 상황 속에서 판다 짝짓기를 유도하려고 야한 동영상(판다의 성관계 영상)도 보여주는 등 생난리를 쳤지만, 성사 확률이 극히 낮았다. 그러다 보니 '판다는 원래 성욕이 낮다'라고 섣부른 결론을 내린 것뿐이다. 최근 연구 결과에 따르면 야생판다와 다른 곰들의 성욕 차이는 없다.

판다가 줄어드는 가장 큰 이유는 대나무가 사라져가기 때문이다. 사실, 판다가 대나무만 먹는 것은 아니다. 쓰촨성의 청두 연구센터에서 판다에게 대나무와 함께 큰 식빵 같은 것을 주는 장면을 봤는데, 환장하고 먹는다. 야생판다를 염소고기로 포획했다는 보고가 있듯이 판다는 곰과科의 다른 녀석들처럼 잡식성이다. 하지만 판다는 당연히 빵을 구울 줄도 모르고, 행동은 굼떠서 사냥에 서툴다. 자칫 설치류나 토끼 같은 작은 포유류를 사냥하려고 몸의 에너지를 낭비하다가는 힘들어서 죽을 수도 있다. 결국, 서식지 주변에서 쉽게 구할 수 있는 대나무가 판다의 주식이 되었다. 대나무가 열량이 부족하기는 하지만, 그것이라도 많이 먹고 덜 움직이는 편이 생존 확률을 높이는 방법이었기 때문이다. 따라서 대나무가 사라지면 야생의 판다는 살 수가 없다.

20세기 후반에 접어들며 아시아 국가들은 빠른 속도로 개발에 불을 붙였고, 21세기에 들어서는 도시화가 가속화되었다. 이와 함께 숲 역시 커다란 변화를 맞이했다. 인간의 거주지나 관광지 등으로 개간되면서 숲이 조각나기 시작한 것이다. 그러면서 대나무가 연속적으로 광범위하게 서식하는 지역이 줄어들었다. 동면하는 다른 곰들과 달리 판다는 겨울잠을 자지 않고 겨우내 먹이를 찾아 산을 오르내리는데, 유독 대나무에 집착하는 판다에게 대나무 서식지가 단절되고 줄어든다는 것은 바로 자신들의 세상이 끝난다는 의미다.

온난화는 판다들의 어려움을 더욱 부채질한다. 과학 잡지 《네이처 클라이밋 체인지Nature Climate Change》는 멸종 위기의 자이언트 판다가 기후변화로 인해 대나무를 먹을 수 없는 위기에 처했다고 발표했다. 중국과 미국의 과학자들로 구성된 연구팀의 보고는 이를 뒷받침한다. 그들은 지구의 평균기온이 지금보다 올라간다면, 중국 북서부 친링산맥에 사는 자이언트 판다의 주요 먹이인 대나무 세 종이 사라질 수도 있다고 경고한다. 전 세계 판다의 약 5분의 1이 이곳, 친링산맥에 살고 있다.

판다가 사라진 세상, 그곳에서 우리는 온전히 살아갈 수 있을까?

그럴 수 없을 것이다. 생명체들이 하나둘 사라져가는 세상에서 인간도 예외가 될 수는 없다. 이곳에서 살아가기 위해서 우리는 사랑스러운 판다를 지켜야 하고, 그러기 위해서 대나무를 지켜야 하고, 그러기 위해서 숲을 지켜야 한다. 숲은 기후변화로부터 우리를 보호할 마지막 보루다.

이러니, 판다를 지켜야 하는 이유는 단지 '귀여움' 말고도 충분하지 않은가.

창살 속
미쳐버린
반달곰들

지리산에 반달가슴곰들이 '다시' 돌아왔다.

일제강점기의 해수구제사업(사람과 재산에 해를 끼치는 야생동물의 포획을 주도한 것으로 한반도 내 대형 포식동물의 멸종을 이끈 결정적인 원인이 되었다), 한국전쟁 후 산림 훼손으로 인한 서식지 파괴, 웅담이라 불리는 곰 쓸개에 대한 잘못된 상식으로 인한 불법 포획 등으로 반달가슴곰은 한반도에서 거의 멸종 상태였다. 1985년 지리산에서 마지막으로 발견된 이후 반달가슴곰은 우리나라에서 자취를 감췄다. 그러다가 2002년, 지리산 무인 카메라에 야생반달곰의 모습이 포착되면서 극소수가 살고 있다는 것이 확인되었지만, 20년 이내에 멸종할 거라는 예상이 나왔다.

한민족 건국신화의 주인공인 곰이 한반도에서 사라진다는 것은 말이 안 되는 일이다. 물론, 한때는 이 땅에 불곰이 살기도 했던 만큼 단군신화의 주인공이 반달곰인지 불곰인지는 명확하지 않지만……. 2미터가 넘는 불곰은 웅녀가 되기에는 좀 큰 것 같고……. 평균 크기가 150센티미터 정도인 반달곰이 주인공 역할에 맞지 않을까 싶다. (이것은 어디까지나 내 개인적인 생각이다.)

2004년부터 반달가슴곰을 증식하고 복원하려는 '반달가슴곰 복원사업'이 시작되었고, 다행히도 현재에는 60여 마리가 지리산 권역에서 자연 상태로 산다. 환경부와 종복원기술원 그리고 시민 모두가 함께 노력한 결과다. 곰과 같은 대형 포유류가 복원된 예는 한국 말고는 거의 없다.

놀라운 사실은, 자연 상태에서 이처럼 희귀한 반달곰이 민가에서는 한순간도 멸종된 적 없었다는 것이다. 지리산에 사는 수보다 훨씬 많은 약 400마리의 반달곰이 오늘도 농장 같은 곳에서 사육되고 있다. (물론, 사육곰들은 한국 고유종과는 유전적 배경이 다른 외래종이라 복원사업 대상인 곰들과는 구별되지만 말이다.)

1981년, 정부는 농가 소득 증대를 위해 반달곰의 수입과 유통을 허용하고 장려하기까지 했다. 당시 한국을 포함한 아시아 지역에서는 웅담이 보신이나 정력 증대에 좋다는 대중적 믿음이 퍼져 있던 터라, 수요에 따라 일부 농가들이 반달곰 사육을 시작했다. 일본과 말레이시아 등지에서 어린 곰을 수입해 키운 뒤 다시 팔아 이익을 얻기도 했다. 그런데 곧 흐름이 바뀌었다. 곰 학대 비판 여론이 전 세계적으로 들끓었고, 정부가 멸종 위기종의 포획과 수출입을 전면 금지하는 '멸종 위기에 처한 야생동식물 국제 거래에 관한 협약'에 가입하면서 사육곰의 판로는 원천 봉쇄되었다. 결국, 보상을 요구하는 사육 농가와 이를 거부하는 정부의 지루한 줄다리기가 시작되었고 지금도 여전히 진행 중이다. 철창에 갇힌 사육곰들은 향후 보상을 위해 죽지 않을 만큼만 음식물 쓰레기를 얻어먹으며 비참한 삶을 지속하고 있다.

〈곰〉을 촬영할 때, 사육곰들의 이 끔찍한 현실도 함께 전달하고자 했다. 지금도 보이지 않는 곳에서 삶을 견디고 있는 곰이 있다는 것도 알려야겠다고 생각했다.

힘들게 촬영 허락을 받고 10여 마리의 곰이 수용된 용인의 한 사육 시설을 방문했다. 입구부터 형언하기 어려운 악취가 코를 찔렀다. 곰들은 뜨거운 8월 햇살 아래서 거친 숨을 연신 몰아쉬며 하나의 우리에 서너 마리씩 갇혀 있었다. 곰은 단독생활을 하는 습성이 있어서 하나의 우리 안에 몇 마리가 함께 있으면 절대 안 된다. 아니나 다를까, 철창 속 곰들은 온몸이 상처투성이였다. 좁은 곳에서 영역을 확보하기 위해 서로를 물어뜯고 날카로운 발톱을 휘둘렀기 때문일 것이다. 영양 상태도 안 좋아 비쩍 말랐고 털도 많이 빠져 있었다. 식사 시

간이 되었는지 곰 주인이 수레 가득히 크리스피크림도넛을
싣고 와서 퍼주기 시작했다. 유통기한이 지난 도넛을 얻어 온
다고 했다. 도넛을 집기 위해 좁은 창살 사이로 앞발을 뻗으며
안간힘을 쓰던 곰들은 바닥에 배설물이 가득한 철창 안에서
허겁지겁 끼니를 때웠다. 그 와중에 밥도 안 먹고 애처로운 이
상행동을 하는 곰들도 있었다. 그들은 좁은 철창 안에서 끝없
이 원을 그리며 돈다든지, 쇠창살을 잡고 몇 시간 동안이나 일
정하게 몸을 흔드는 행동을 했다. 드넓은 숲의 왕으로 살아가
야 하는 곰에게서 오랜 기간 자유를 빼앗았기 때문에 생긴 문
제 같았다. 사람일지라도 이런 환경 속에서는 정신이 온전할
수 없는 노릇이다. 인간의 욕심 속에서 곰은 죽지도 못한 채
죽음보다 힘겨운 삶을 이어가고 있었다.

　　얼마 전에는 비극적인 사고도 발생했다. 울주의 한 미등
록 반달곰 사육장에서 곰 세 마리가 탈출했고, 그 과정에서 농
장 주인 부부가 사망하고 말았다. 탈출한 반달곰이 공격했을
것으로 추측되었다. 결국, 경찰이 농장 인근에서 곰 세 마리를
찾아냈고 차례로 사살했다. 평생을 갇혀 있다가 잠시의 외출
을 맛본 곰들은 끔찍한 최후를 맞이했다.

많이 늦은 감은 있지만, 시민단체를 중심으로 사육곰을 돌볼 수 있는 생크추어리sanctuary(동물 보호구역) 조성이 시작되고 있다.

베트남만 해도 사육곰이나 다친 곰을 보호하기 위한 생크추어리가 곳곳에 있다. 사실 동남아시아에서는 여전히 곰 발바닥 요리나 곰 발바닥 와인 등이 고가에 거래된다. 베트남에서도 아직 수많은 곰이 '미식'이라는 잔인한 미명하에 사육되고 있지만, 다행히 정부의 보조금과 시민단체의 모금을 통해 농장주로부터 사육곰을 사들이고 있으며 사육장은 점진적으로 폐쇄되고 있다. 내가 방문한 베트남 생크추어리에서는 발이 잘린 곰들이 인간들의 보살핌 속에서 점차 기력을 회복하고 있었다.

OECD 가입국으로 선진국에 당당히 진입했다는 대한민국에 아직 제대로 된 생크추어리 하나 없다는 것은 정말 부끄러운 일이다. 이제는 철창 안이 아닌 안전한 생크추어리에서 사육반달곰들이 살아갈 수 있기를 바라고, 이를 위해 국가도 함께 노력해야 한다. 그것이 단군에 대한 최소한의 예의가 아닐까.

최근, 다행스러운 소식이 들려왔다. 환경부가 전라남도 구례와 충청남도 서천에 곰 생크추어리 조성을 확정했다. 40년 만에 정부가 사육곰 보호에 의지를 드러냈다는 소식을 듣자마자 용인 사육 시설에서 만났던 철창 안 곰들이 떠올랐다. 부디 빠른 시일 내에 그들이 남은 생을 더 자유롭고 편안하게 지낼 수 있기를 바란다.

곰의
단독생활

3월 초, 러시아 동쪽 끝에 있는 캄차카의 가이저밸리에서 불곰을 만났다. 마치 낯선 행성에 와 있는 듯한 착각이 드는 이곳은 곰의 땅이다. 러시아의 야생 보호구역이라 일반인은 접근이 어렵다. 우리는 러시아 정부의 공식 허가를 받고 가이저밸리 레인저들의 협조를 통해 〈곰〉 촬영을 진행하기로 했다. 가이저밸리에 들어가는 동안 캄차카의 광활함에 놀랐지만, 더 놀란 것은 우리가 탄 헬기가 너무 오래되었다는 점이었다. 솔직히 엄청 무서웠다. 혹시 제2차 세계대전 때부터 쓴 게 아닌가 싶을 정도였다. 떨어지면 어쩌나, 떨어져서 비록 살아남아도 곰을 만나면 어쩌나, 곰을 안 만나도 인가가 있는 곳까지 살아서 도착할 수는 있을까, 하는 오만 걱정으로 노심초사하는 사이 무사히 가이저밸리에 도착했다.

간헐천 계곡인 이곳에는 하얀 눈밭과 초록 풀밭이 공존한다. 영하의 날씨에도 따뜻한 온천물 때문에 잔디가 자랄 수 있다. 동면하면서 아무것도 먹지 못해 허기진 불곰들은 잠에서 깨자마자 이 계곡으로 내려와 양껏 풀을 먹고 양껏 똥을 싼다. 그렇게 겨울 몇 달간 정지시켰던 위와 장을 깨우고 따뜻한 온천물로 사우나를 하면서 몸을 만든다.

하루는 잠이 일찍 깨는 바람에 따뜻한 커피 잔을 들고 숙소를 나섰다. 그 순간 2미터가 훌쩍 넘는 연갈색의 불곰 한 마리가 갑자기 시야에 들어왔다. 깜짝이야……. 혹시 배고파서 나를 잡아먹으려 달려들어도 바로 숙소 안으로 들어가면 되니까, 뭐…… 하면서도 겁이 났다. 곰에게 등을 보이면 안 되니 뒷걸음질로 천천히 움직여 숙소 현관문 손잡이를 잡았는데, 그 순간 곰도 휙 고개를 돌려 나를 쳐다보았다. 팽팽한 눈싸움 같은 것은 전혀 없었다. 곰은 나를 힐끔 보더니 바로 고개를 돌려 자기가 가던 방향으로 계속 움직였다. 내 존재는 안중에도 없어 보였다. 20미터도 안 되는 코앞을 스쳐 지나간 곰은 근처의 자작나무 앞에 멈춰 서더니 두 발로 벌떡 일어나 등을 나무 기둥에 비비기 시작했다. 간지러워서 그랬는지, 영역을 표시하느라 그랬는지 모르지만, 마치 폴댄스를 추는 사람 같았다. 한참을 긁어대던 녀석은 이윽고 자작나무 밑 눈구덩이에 웅크리고 앉아서는 코를 벌름거리며 주변의 풍경을 바라보았다. 마치 맛을 보듯 풍경 하나하나를 천천히 음미하는 모습이었다. 일출이 시작되자 불곰의 털이 더욱 붉게 빛나 보였다. 눈이 부신 햇살에 곰은 눈을 가늘게 떴다.

문득 이런 생각이 들었다.

'외롭지 않을까? 나라면 엄청 쓸쓸할 것 같은데…….'

철학자 허버트 스펜서의 말처럼 인간은 죽음이 두려워 종교를 만들고 삶이 두려워 사회를 만들었다. 자신이 속한 사회에서 따돌림을 당하거나 버림받고 혼자가 된다면……? 그런 걱정으로 주위의 눈치와 시선에 목을 매고 항상 주변과 비교하며 살아가는 것에 익숙해진다.

하지만 곰들은 험준하고 광활한 산맥 속에서 늘 혼자다. 홀로 일어나 홀로 먹고 홀로 어슬렁거리고 홀로 온천 사우나를 즐기다가 홀로 잠이 든다.

이 광활한 대지에 그렇게 혼자 있는 곰을 보고 있노라니 마음이 편안해졌다.

'좀 외로우면 어때. 저 곰들도 평생을 혼자 살아가는걸, 뭐.'

한동안 미동도 없이 앉아 있던 곰은 햇살에 기온이 오르기 시작하자 느릿느릿 몸을 일으키고는 망설임 없이 산봉우리 쪽으로 걸어 올라가기 시작했다. 그 모습이 진짜 멋져 보였다.

〈곰〉을 촬영하며 많은 곰을 만났다. 그들의 생활에 대해 알게 된 것도 큰 의미가 있었지만, 그 외에도 그들은 지금의 우리에 대해 많은 것을 생각하게 했다.

사람들은 외로움이 두려워서 불필요한 인간관계를 만들고 나중에는 그 관계에 치여 시간도, 돈도, 에너지도 낭비한다. 우리가 살아가는 데는 사실 그리 많은 관계가 필요하지 않다. 차라리 그 시간을 가끔 나 자신을 위해 쓴다면 좋지 않을까. 조용히 책을 읽으며 상상의 여행을 떠나고, 산책하며 계절의 변화를 온몸과 오감으로 느껴보는 것이야말로 우리에게 진짜 필요한 일인지도 모른다.

지금 전 세계에는 여덟 종의 곰이 살아간다. 북극곰, 불곰, 판다, 말레이곰, 느림보곰, 안경곰, 아메리카검은곰, 아시아검은곰(반달가슴곰). 이 중 아메리카검은곰과 불곰을 뺀 나머지 여섯 종이 멸종 위기에 처해 있다. 산림 파괴로 인한 서식지 수와 질 감소, 그리고 밀렵 때문이다.

산림 파괴와 밀렵 역시 처음에는 인간의 생존에 필요했기에 시작되었을 것이다. 하지만 지금은 필요를 훨씬 넘어섰다. 세계자연기금의 생태 발자국 프로젝트에 따르면 현 인류는 지구 1.6개가 재생할 수 있는 분량의 자연 자원과 생태 서비스를 소비하고 있고, 만일 모든 인류가 오늘날의 한국인처럼 살아간다면 3.3개 분량의 지구가 필요하다. 그만큼 지금의 우리는 지구가 감당할 수 없을 정도로 어마어마한 자원을 소비하는 중이다. 심지어 탄소 중립을 위해 광합성을 활발하게 하는 어린나무를 심겠다는 명목으로 멀쩡한 나무를 베어내며 산림을 망치는 중이다. 이렇게 망가진 숲에서는 곰도, 다른 무엇도 살 수 없다.

곰이 사라진다는 것은 자연의 균형이 또 한 번 깨진다는 뜻이다. 더 늦지 않았으면 좋겠다. 우직하게 혼자의 힘으로 살아가는 것이 야생의 질서라는 것을 알려준 가이저밸리의 불곰이 계속 우리 곁에 있기를 바란다. 그러기 위해서는 작은 노력이라도 해야 하지 않을까? 지금 내가 사려고 하는 물건이 과연 진정 필요한 것인지, 환경을 위한 조금 더 나은 대안은 없는지 고민해보게 된다.

사라진
꿀벌들

2

꿀벌
연쇄
실종 사건

2013년, MBC 창사특집 다큐멘터리 〈곤충, 위대한 본능〉을 제작했다. 3D로 촬영했는데, 텔레비전으로 방송 후 영화로 상영하기 위해서였다. 바로 OSMU 전략! 원 소스 멀티 유즈One Source Multi Use라고 해서 방송을 위한 콘텐츠를 제작한 후 영화, 출판, 전시 등 다양한 사업 분야에서 이것을 활용해 수익을 극대화하는 모델이었다. 다큐멘터리가 돈을 쓰는 장르가 아니라 돈을 벌 수 있는 장르라는 것을 보여주고 싶었다. 그런데 곤충 다큐멘터리를 3D로 제작한다는 것이 그리 만만한 일이 아니었다. 무엇보다 3D 카메라가 너무 크고 무거워서 곤충들이 사는 산속 깊숙한 곳까지 들고 가는 것 자체가 난제였다. 촬영하는 내내, 장비를 이고 지고 다닌 촬영팀은 세상의 모든 불행을 다 짊어진 표정을 했다. 그래서 장비 옮기는 것을 거들어야 했고, 나도 촬영 내내 불행한 표정이 되었다……

우여곡절 끝에 〈곤충, 위대한 본능〉은 영화관에 걸렸다. 그런데 하필이면 개봉 시기가 좋지 않았다. 1700만 명 이상의 관객을 동원하며 신기록을 세운 〈명량〉과 시기가 겹쳤기 때문이다. 그래도 우리에게는 곤충을 좋아하는 아이들이 찾아주리라는 믿음이 있었다. 그런데…… 3D라 곤충들이 화면 밖으로 튀어나오고 관객석으로 날아다니니까 영화 시작 20분도 채 안 돼서 우리 아이들이 오열하기 시작했다. 기술적으로 너무 앞서간 건가……. 어쨌든 〈곤충, 위대한 본능〉은 그동안 미처 몰랐던 한국 곤충들의 다양한 모습을 발견할 수 있었다는 점에서 매우 의미 있는 작품이었다. 한국에서 찾아보기 힘들었던 긴다리소똥구리를 포함해 한반도에 사는 40여 종의 곤충들을 만났다.

곤충들을 카메라에 담기 위해 휴전선부터 제주까지 곳곳을 다닐 때, 가장 흔하게 볼 수 있었던 것은 바로 꿀벌이었다. 양봉벌부터 야생벌까지, 꿀벌은 어디에나 있었다.

그런 꿀벌이 사라지고 있다.

2006년 미국 플로리다에서 처음 발견된 '벌집 군집붕괴 현상(꿀과 꽃가루를 채집하러 나갔던 벌들이 돌아오지 않아 벌집의 여왕벌과 새끼 벌이 집단으로 죽는 것)'이 이제 한국에서 발생하고 있다. 2022년, 한국에서 무려 78억 마리의 꿀벌이 실종되었다. 이것은 양봉벌의 수일 뿐이고, 야생벌이 얼마나 사라졌는지는 알기 어렵다. 다만, 국제연합에 따르면 이미 40퍼센트의 야생벌이 사라졌고, 2035년이 되면 지구상에 꿀벌이 아예 존재하지 않을 수도 있다.

인간이 먹기 위해 기르는 식량 작물 중 약 75퍼센트의 수분受粉을 꿀벌 등의 화분 매개 동물들이 책임지고 있다. 꿀벌이 꽃 속에서 꿀을 찾을 때 자연스럽게 몸에 꽃가루가 묻는데, 그 상태로 녀석들이 식물의 암술머리에 내려앉으면 수분이 일어나 열매를 맺게 된다. 다시 말해 이들이 없으면 식물은 열매를 맺을 수 없다. 벌 한 마리가 하루에 꽃 1만 송이를 옮겨 다닌다고 하니, 수분에 있어 이들의 역할은 가히 절대적이라 할 수 있다.

하버드대학교 공중보건대학원 연구팀은 꿀벌이 사라지면 과일, 채소 등의 생산량이 감소해 연간 142만 명의 사람들이 영양실조로 사망할 수 있다는 연구 결과를 발표했다. 환경단체 어스 워치Earth Watch가 뽑은 지구상에서 절대 사라져선 안될 생명체 다섯 종 중 첫 번째가 꿀벌이다. 그만큼 꿀벌은 인간의 생존에 절대적으로 필요하다.

그렇다면 꿀벌은 왜 실종된 것일까? 과연 범인은 누구, 혹은 무엇일까?

첫 번째 용의자는 살충제다. 담배의 주요 성분인 니코틴을 화학적으로 합성해 만든 네오니코티노이드neonicotinoid 계열 살충제는 꿀벌의 신경계를 교란해 먹이 활동, 귀소본능, 번식 등을 방해한다. 하지만 여태까지 쭉 사용해오던 살충제가 갑자스러운 꿀벌 실종 사건의 모든 이유가 되는 걸까?

더 유력한 용의자는 바로 기후변화다. 기후변화가 초래한 온난화는 꿀벌에게 엄청난 위기다. 겨울인 11월, 12월에 갑자기 기온이 올라가면, 동면하던 꿀벌은 봄이 온 것으로 착각하고 잠에서 깨어나 꿀을 찾기 시작한다. 하지만 이내 날씨가 다시 추워지면, 벌들은 얼어 죽는다. 더워진 날씨는 여왕벌의 산란에도 영향을 끼친다. 또한, 꿀벌에 기생해서 체액을 빨아 먹는 응애도 날씨가 따뜻해지면 더 빨리 깨어나고 더 많이 번식하며 꿀벌의 생존을 방해한다. 이 응애를 막기 위해 농가는 살충제를 쓰게 되니, 꿀벌에게는 엎친 데 덮친 격일 것이다.

온난화는 꽃의 개화에도 영향을 미친다. 벚꽃이 피는 개화 등고선이라는 게 있다. 3월 말에는 제주, 4월 첫 주는 남해안, 4월 둘째 주는 충청, 4월 셋째 주는 수도권 등 원래대로라면 아래부터 차근차근 벚꽃이 피어 올라와야 한다. 하지만 최근, 개화 등고선이 무의미해졌다. 기온이 급격히 오르면서 거의 한 주 내에 한반도의 벚꽃들이 동시에 개화한다. 다른 꽃들도 마찬가지다. 이런 변화는 꿀벌의 생태에도 영향을 끼친다. 예전에는 꽃에서 꿀을 모으는 데 실패한 꿀벌들도 조금 더 위쪽으로 올라가 꽃들이 피기 시작하는 곳으로 가면 꿀을 딸 기회가 있었지만, 꽃이 동시에 발화해버리면 꿀을 딸 기회가 그만큼 줄어든다.

마지막 용의자는 개발이다. 숲이 사라지며 도로가 닦이고 건물이 올라가면 꿀벌은 오갈 데 없는 신세가 된다. 충분한 꽃과 초목, 흙이 있어야만 꿀벌이 살 수 있다.

꿀벌이 살아가기에도 비좁은 환경에 외래종마저 침투하면서 상황은 더욱 안 좋아졌다. 꿀벌 사냥꾼으로 불리는 중국에서 건너온 등검은말벌은 아열대종이었으나, 온난화로 기온이 올라가면서 한반도를 장악하기 시작했다. 어떤 서식 환경에서도 생존력이 강한 만큼 점차 우점종으로 자리매김하는 중이다. 이들은 꿀벌을 포식하고 도시까지 진출해 사람을 쏘는 등, 농가와 도시 모두에 피해를 주는 생태계 교란종이자 해충이다. 한국의 장수말벌이 전투에서는 등검은말벌을 압도하지만, 워낙 등검은말벌의 번식력이 좋은 만큼 이를 이겨내기가 만만치 않은 실정이다.

꿀벌이 사라지는 그날은 인류에게 악몽과 같은 날이 될 것이다. 꿀벌이 살지 않는 땅은 더 이상 열매를 맺지 못하는 불모지가 될 것이다. 식량은 나날이 부족해지고 과거에 보지 못했던 폭염이 휩쓸 것이다. '기후 위기'를 대신해 '기후 비상'이라는 단어가 일상화될 것이다.

매년 5월 20일은 세계 꿀벌의 날이다. 꿀벌이 본격적으로 한 해의 일들을 시작하는 시기에 자리 잡은 이날은 2017년 국제연합에 의해 지정되었다. 꿀벌이 생태계에 얼마나 중요한 역할을 하는지를 알리고 꿀벌들을 보호하려는 목적이다. 이런 날이 지정될 만큼 꿀벌은 우리의 삶에 중요하다. 꿀벌만큼 우리의 생존과 관련이 깊은 생명체는 존재하지 않는다. 제발 꿀벌만큼은 사라지게 하지 말자.

장수말벌과
꿀벌의 목숨을 건
전쟁

꼬마쌍살벌은 말벌과科에 속하는 한국 토종벌이다. 크기는 장수말벌의 절반 정도인 20밀리미터지만, 얼핏 보면 장수말벌과 비슷하다. 외모도 잘 싸울 것처럼 보인다. 하지만 장수말벌이 나타나면 집도 새끼도 버리고 도망친다. 장수말벌과 대결하기에는 전혀 승산이 없기 때문이다. 장수말벌은 최강의 싸움꾼이고 그 어떤 벌도 감히 대적하기 힘들다. 최근 한국 생태계를 위협하는 중국의 등검은말벌도 장수말벌에게만큼은 기를 펴지 못한다.

그런데…… 이런 장수말벌과 대등하게 싸우는 벌이 존재한다.

어떤 종일까? 말벌 중 하나일까?

정답은 의외로 꿀벌이다.

꿀벌은 서로 연대해서 장수말벌에게 대적한다. 꿀벌은 여왕벌을 중심으로 수천에서, 많게는 수만 마리가 하나의 군체를 이룬다. 여왕벌은 알을 낳고 일벌들은 부지런히 꽃가루를 나른다.

장수말벌은 바로, 이 꿀벌집을 노린다. 그 안에 꿀과 알, 번데기가 가득하기 때문이다. 사실 장수말벌은 주로 수액을 먹고 사는 일종의 채식주의자다. 사냥하는 이유는 바로 수백 혹은 수천 마리의 새끼에게 먹일 엄청난 양의 단백질을 얻기 위해서다. 장수말벌 새끼들은 단백질을 먹어야 날개가 있는 성충이 될 수 있다.

〈곤충, 위대한 본능〉을 제작하며 꿀벌을 촬영하고 있던 어느 날, 결국 사달이 났다. 장수말벌 한 마리가 꿀벌집에 찾아온 것이다. 이른바 정찰병인 셈이었다. 꿀벌집을 염탐하던 놈은 주변에 페로몬을 뿌려서 인근의 동료 장수말벌에게 신호를 보냈다. 이윽고 페로몬 향을 맡은 네댓 마리의 장수말벌들이 꿀벌집으로 찾아왔다. 꿀벌은 이들의 적수가 되지 못했다. 강한 턱을 이용한 장수말벌의 공격에 꿀벌들은 추풍낙엽처럼 떨어져나갔다. 장수말벌 한 마리가 수백 마리의 꿀벌을 제압할 만큼 그 위세가 대단했다.

아…… 이제 꿀벌의 세상은 끝이 나겠구나, 하는 안타까운 생각을 하던 바로 그때!

꿀벌집 안에서 전투꿀벌들이 쏟아져 나오기 시작했다. 반전의 시작이었다. 꿀벌의 경우, 일벌이 경험이 쌓이면 전투벌이 된다. 3만 마리의 일벌 중 약 2000~3000마리가 전투벌이다. 이들은 본능적으로 장수말벌과 싸우는 방법을 안다.

양봉꿀벌들은 10여 마리가 장수말벌 한 마리를 집중적으로 물어뜯는 방식으로 죽인다. 한국의 토종꿀벌은 수십 마리가 한 마리의 장수말벌에게 달라붙어 꽁꽁 에워싼 뒤 자신들의 열로 죽인다. 40도까지 견딜 수 있는 장수말벌에 비해 토종꿀벌은 50도에서도 버틸 수 있기에 가능한 전술이다. 꿀벌은 장수말벌이 집 안으로 들어오지 못하도록 필사적으로 인해전술을 펼쳤다. 입구가 뚫리면 꿀벌의 미래인 새끼들이 장수말벌에게 도륙되기 때문이다. 수백, 수천 마리의 전투꿀벌들이 맹렬하게 장수말벌에게 달려들며 전투의 양상이 바뀌어나갔다. 장수말벌이 점점 밀리기 시작했다. 꿀벌의 사체 더미 위로 힘을 잃은 장수말벌이 하나둘 떨어지기 시작했다.

진짜 전투는 이제부터였다.

인근에 있는 장수말벌 본진에 소식이 전해진 것이다. 벌은 춤을 통해 방향과 거리를 서로에게 알릴 수 있다. 전투를 담당하는 장수말벌들 수십 마리가 동시에 출격했다.

피할 수 없는, 목숨을 건 전쟁이 벌어졌다.

누가 이겼을까?

MBC 홈페이지에서 〈곤충, 위대한 본능〉을 '다시 보기' 하

면 알 수 있지만…… 약간의 스포일러를 하자면, 결국 꿀벌집
은 장수말벌들에게 점령당했다. 수십 마리의 장수말벌이 한
꺼번에 달려들면 아무리 꿀벌들이 목숨 걸고 덤빈다 해도 당
해내기 어렵다. 필사적으로 막던 꿀벌집 입구가 뚫리면서 판
세는 기울어졌다. 전투에서 승리한 장수말벌들은 꿀벌이 정
성껏 모은 꿀을 실컷 먹고 배를 불린 후, 꿀벌집을 탈탈 털어
새끼에게 먹일 단백질원인 알과 애벌레를 갈취했다.

　이 장면을 인간의 시선에서 보고 있자니, 조금은 잔인하게
느껴지기도 했다. 하지만 이들의 싸움에는 분명 명분이 있었
다. 종족 보존을 위한 정당한 싸움이었기 때문이다. 인간만큼
명분 없는 싸움을 하는 종은 없다. 조금 더 갖기 위해, 조금 더
진귀한 것을 얻기 위해, 조금 더 편해지기 위해 다른 생명이
살아갈 서식지를 없애고 심지어 그 생명마저 앗아 가는 게 인
간이다.

　꿀벌의 입장에서 장수말벌은 천적이지만, 그들은 모두가
생태계의 피라미드 내에 존재한다. 천하무적의 장수말벌도
두꺼비 앞에서는 한낱 먹잇감일 뿐이다. 두꺼비는 장수말벌
이 지나가면 날름 삼켜버린다. 배 속에서 장수말벌이 무시무

시한 침을 놔도 두꺼비는 끄떡없다. 그냥 맛있을 뿐이다. 참새
도 장수말벌을 잘 잡아먹는다. 특히 오소리는 장수말벌에게
재앙 같은 존재다. 장수말벌집을 털어서 통째로 먹는다. 이처
럼 먹잇감과 천적의 존재는 생태계의 균형을 맞추며 건전성
을 유지한다. 유일하게 천적이 없는 인간만 그 수를 늘리면서
다른 존재를 멸종시키고 있다.

　사실…… 이번 팬데믹을 겪으면서 그런 생각이 들었다.
인간에게 엄청난 재앙이었던 코로나바이러스는 어쩌면 견
디다 못한 지구가 인간에게 보내는 엄중한 경고가 아닐까 하
는……. 코로나19가 지구에 등장하는 마지막 팬데믹이기를
간절히 빌지만, 많은 과학자는 이제 시작일 뿐이라고 말한다.
인간의 천적이 본격적으로 등장하기 전에, 우리가 무언가 방
법을 찾아야 한다.

K-장수말벌의
해외 진출에
반대한다

곤충을 촬영하면서 목숨의 위협을 느끼리라 생각하지는 않았다. 장수말벌을 만났을 때도 마찬가지였다.

'생김새가 좀 섬뜩하고 물리면 좀 따끔하고 간지럽겠지만 그렇다고 죽기까지야 하겠어? 뭐, 아마존에서도 버텼는데……'

딱 그 정도 생각이었다. 그런데 장수말벌은…… 지구상에서 제일 큰 말벌답게 정말 차원이 달랐다. 일본에서는 심지어 '새'라고 불릴 정도다. 전투력은 크기 그 이상이다. 동료애와 협동심이 남달라서 전투가 벌어지면 떼로 덤빈다. 장수말벌 한 마리가 끈끈이주걱 같은 식충식물에 걸리면 다른 장수말벌들이 도와주러 오기도 한다. 어떤 곤충도 이런 장수말벌을 당해낼 재간이 없다. 심지어 사마귀도 장수말벌의 희생양이 된다. 딱정벌레 같은 사슴벌렛과科의 갑옷은 침으로 뚫을 수 없으니, 몰려들어 그들의 다리를 잘라버린다.

그들의 독침은 주입량이 워낙 많아서 사람에게도 치명적이다. 침을 한 번 쏘면 죽는 꿀벌과 달리 장수말벌은 한 번, 두 번, 세 번 원하는 만큼 독침을 쏜다. 그 침에는 만다라톡선 mandaratoxin이라는 신경독소가 있는데, 이것이 사람의 몸에 들어가면 날카롭고 뜨거운 것으로 쑤시는 고통이 찾아온다고 한다. 심각할 경우 신경계가 마비될 수도 있다. 실제로 해마다 사람이 장수말벌에게 쏘여 사망했다는 뉴스가 나온다.

〈곤충, 위대한 본능〉을 촬영하면서 우리는 사고를 방지하기 위해 우주복 같은 방호복을 입고 헬멧을 썼다. 그 어떤 작은 곤충도 들어오지 못하고 그 어떤 강력한 곤충도 뚫을 수 없는 고성능 밀폐형 옷이었다.

방호복을 입었어도 장수말벌 촬영은 살 떨리는 작업이었다. 몇 마리가 동시에 헬멧을 들이받으면 누가 나를 타격한 느낌마저 들었다. 곤충의 힘이 대단해봤자 얼마나 세겠냐고 생각하겠지만, 장수말벌은 예상을 뛰어넘는다. 귀 옆에서 날갯짓하면 마치 헬리콥터가 나는 것 같은 큰 굉음이 들린다.

안전을 위해 만반의 대비를 했지만, 사고라는 것은 한순간에 찾아왔다. 찌는 듯한 더위에 방호복을 입고 촬영하는 게 너무 힘들어 헬멧을 벗고 잠시 쉬던 순간…… 장수말벌 몇 마리가 나타나 후배 피디의 주변을 맴돌기 시작했다. 원래 말벌들은 검은색을 주로 공격하는데, 안타깝게도(?) 그 후배는 머리카락이 아주 까맣고 숱이 대단히 많았다. 놀라기는 했지만, 미리 섭외해 현장에 있던 장수말벌 전문가가 알아서 잘 퇴치해

줄 것이라 믿었다. 그런데…… 그 전문가가 우리 중 가장 놀란
듯 보였다. 가만히 있으라고 소리치더니, 손에 들고 있던 종이
뭉치로 후배 머리를 때리며 벌을 쫓는 것이 아닌가. 놀란 장수
말벌들은 그 무성한 검은 머리카락 사이에 강력한 침을 놓은
후 도망쳤고, 후배는 "악" 하는 외마디 비명과 함께 자리에 주
저앉았다.

가만히 있으라더니……. 전문가에게 따지고 싶었지만, 그
럴 때가 아니었다. 인근 병원에 전화를 걸어 상황을 급히 설명
한 후, 후배를 차에 태우고 병원으로 내달렸다. 곧 후배 피디
의 머리가 부어오르기 시작하더니 얼굴 전체까지 부기가 번
졌다. 눈두덩이가 엄청나게 부풀어서 앞이 잘 보이지 않는다
고 했고, 혀가 마비되어 말도 제대로 하지 못했다. 다행히 병
원 응급실에 도착하자마자 신속하게 치료를 받을 수 있었다.
장수말벌에게 쏘여 실려 오는 환자들이 해마다 꽤 된다고 했
다. 후배의 부기는 서서히 가라앉았지만, 얼굴이 정상으로 돌
아오기까지는 거의 일주일이 걸렸다.

최고의 곤충에게는 '장수'라는 단어가 붙는다. 오래 살아
서가 아니라, 장군을 의미하는 '장수'다. 장수풍뎅이, 장수하

늘소, 장수잠자리, 장수말벌. 이 중 장수말벌은 한국, 일본, 중국 그리고 동남아 인근에만 서식하는 녀석이다. 영어 이름이 아시아 자이언트 호닛Asian giant hornet인 만큼, 미국이나 유럽에서는 볼 수 없다.

그런데 한국의 장수말벌이 최근 미국으로 건너갔다. 2020년 캐나다 브리티시컬럼비아주와 미국 워싱턴주에서 장수말벌들이 차례로 발견되었다. 워싱턴주 농업부가 조사에 착수했고, UPI는 (어떤 이유에서인지 모르지만) 이들이 한국의 장수말벌이라고 발표했다. 장수말벌한테 여권이 있는 것도 아니고, 중국이나 일본 태생일 수도 있는데…… 어쨌든 목재 안에 들어 있던 장수말벌의 알이 현지에서 부화한 것 아니겠냐는 추측 정도는 가능했다.

미국으로 건너간 장수말벌은 곤충 생태계를 결딴내기 시작했다. 꿀벌들의 머리를 댕강댕강 자르는 모습에 놀란 미국 언론들은 '아시아 킬러 말벌'이라는 이름을 붙였다. 인종차별적인 작명으로 비판받기도 했지만, 그 정도로 장수말벌의 위력에 미국 사회가 깜짝 놀란 것은 사실이었다. 유튜브에 공개된 장수말벌 모습은 현지에서 수천만 조회 수를 기록했다.

미국은 현재 양봉사업에 치명적인 장수말벌을 없애기 위

해 다각도로 연구를 진행하고 있다. 일부에서는 BTS가 미국 팝 차트를 점령한 것에 빗대 K-말벌이라며 환호하고 좋아하지만, 환경적인 측면에서 봤을 때 이런 현상은 위험의 징조다. 외래종이 토착종을 몰아내는 것은 생태계에 악영향을 끼치고 균형을 깨기 때문이다. 마치 한반도가 따뜻해진 최근, 중국의 등검은말벌이 떼로 몰려와 벌 개체 수의 균형을 깨는 것과 마찬가지다.

자연이라는 것은 놀라워서 필요한 곳에 필요한 생명을 필요한 만큼만 절묘하게 배치하며 균형을 이룬다. K-말벌은 한반도에 있을 때가, 등검은말벌은 중국에 있을 때가 옳다.

동물도
사기를 친다

어떤 사람은 상대를 속여 이득을 취한다. 그런데 인간 종족에게만 이런 사기꾼이 있는 것은 아니다. 여기, 다른 동물을 속이며 살아가는 동물들이 있다. 물론 다른 점은 있다. 이들은 자신들의 '생존'을 위해 사기를 친다.

《파브르 곤충기》에도 나오는 나나니벌은 우리나라의 제천, 영월 지역에 많이 서식한다. 한여름에 산을 오르다 보면 나나니벌이 자신보다 두세 배는 무거운 애벌레를 힘겹게 끌며 등산로를 가로지르는 모습을 어렵지 않게 볼 수 있다. 물론, 눈을 크게 뜨고 흙바닥에 엎드려야 보인다.

엄마 나나니벌은 땅속에 구멍을 뚫어서 알을 낳기 위한 집을 만든다. 그러고 나면, 애벌레 사냥을 나가서 알이 부화한 후에 굴속에서 먹을 식량을 마련한다. 새끼가 먹을 음식이 썩으면 안 되니까, 애벌레를 죽이지 않고 마취시킨다. 사냥감이 무거워서 입에 물고는 날아갈 수도 없다. 수없이 넘어지고 구르며 수십, 때로는 수백 미터를 끌고 간다. 만들어놓은 굴에 힘겹게 도착하면, 입구를 막아놓은 돌을 치우고 마취된 애벌레를 굴속에 밀어 넣는다. 모든 것이 준비되었다. 이제 애벌레 위에 알을 낳기만 하면 된다. 하지만 이때……! 이 순간을 노리고 어디선가 윙 하며 기생파리가 날아온다. 나나니벌이 애벌레 위에 알을 낳고 굴 입구를 돌로 막기 직전에, 기생파리는 공중에서 애벌레를 향해 알을 낳아 떨어뜨린다. 정확히 굴속으로 명중!!! 소매치기 같은 녀석이다.

이후, 굴 안에서는 어떤 일이 일어날까?

새끼 나나니벌과 새끼 기생파리 중 누가 먼저 알에서 깨어날까?

먼저 깨어난 놈이 상대편 알을 먹어버리고 마취된 애벌레를 독차지하게 되는 만큼, 이것은 생존이 걸린 문제다. 안타깝지만 100퍼센트 기생파리의 승리다.

사실, 기생파리가 떨어뜨린 것은 알이 아니다. 이미 배 속에서 부화시킨 새끼다. 우리는 포유류만이 새끼를 낳는다고 알고 있지만, 기생파리는 예외다. 이런 상황을 모르는 나나니벌은 자신의 의무를 다했다는 뿌듯한 심정으로 굴 입구를 닫는다. 그 기대와 달리 굴 안에서는 비극적인 일이 일어난다. 새끼 기생파리는 나나니벌의 알을 먹어치우고 엄마 나나니벌이 힘들게 사냥해서 가져온 애벌레까지 양껏 먹으며 성장한다. 그렇게 변태까지 마친 후에는 굴 입구를 막은 돌을 치우고 유유히 파란 하늘을 향해 날아간다.

또 다른 동물 사기꾼도 있다.

소똥구리는 자기보다 큰 적이 오면 잽싸게 죽은 척한다. 그런데 다른 동물 사기에 비하면 이 정도는 애교다. 한국 토종 물고기 감돌고기는 꺽지의 산란장에 자신의 알을 낳고 튄다. 이른바 탁란이다. 사람으로 치면 자식을 버린 나쁜 엄마인 셈이다. 뻐꾸기는 뱁새 둥지에 몰래 알을 낳을 때, 뱁새를 속이기 위해 둥지 안의 알 개수를 맞추려고 뱁새 알을 먹어버린다. 이 정도면 천하의 사이코패스다. 남가뢰라는 녀석은 뒤영벌이 애써 모아놓은 꿀을 훔쳐 먹기 위해 뒤영벌 등에 몰래 올라타 함께 집으로 간다. 무임승차에 먹튀까지 하는 놈이다.

우리는 죄를 지은 사람에게 짐승보다 못한 놈이라는 말을 하고는 한다. 하지만 중요한 사실을 빠뜨렸다. 동물들은 자신의 쾌락이나 재미를 위해 상대를 죽이지는 않는다. 그것이 생존의 방식이기 때문에, 종족을 보존하고 생명을 지키고자 저마다의 방법으로 분투하는 것이다.

동물들은 자연의 법칙 안에서 살아간다. 이런 동물의 세계를 들여다보다 보면, 종종 우리의 삶을 반성하게 된다. 지구 안에서 자연의 법칙을 어기는 것은 오직 인간뿐이라는 생각이 들기 때문이다.

우리는 더 편하기 위해, 더 즐겁기 위해, 세계 곳곳에 탄소 발자국을 만들며 자연을 위협하고 있다. 생존을 위해서가 아니다. 지구가 탄생한 이래 이런 행보를 보였던 종족은 없다. 인간은 문명의 이기에 기대 지구의 평균온도를 올려놓았고, 바다에 수많은 오염 물질을 방출했으며, 심지어는 오존층을 파괴하는 것도 모자라 우주에 쓰레기를 버릴 꿈을 꾸고 있다. 아무리 과학이 발전한다고 해도, 인간은 절대 거대한 우주의 섭리를 뛰어넘는 존재가 될 수 없다. 그렇다면 이 지구의 생태를 뒤흔든 대가는 언젠가 우리에게 고스란히 올 것이다.

기후 위기로 고통받고 있는 곰, 펭귄, 분홍돌고래들을 카메라에 담으면서, 바로 다음은 우리 차례일 것 같다는 생각을 떨쳐버릴 수 없었다.

생물다양성의 보고,
아마존

인도양의 모리셔스섬은 도도새에게 천혜의 환경이었다. 그곳은 조류들의 섬이어서 덩치가 큰 도도새를 위협하는 천적이 없었다. 날아다닐 필요도 없었던 도도새는 날개가 퇴화할 정도로 모리셔스섬에서 안전하게 생존해왔다. 하지만 16세기 초, 유럽인들이 들어와 사냥을 시작했고, 그들과 함께 섬에 없던 포유동물들이 등장해 도도새의 삶을 위협했다. 결국, 1681년에 마지막 도도새가 죽으면서 이 종은 멸종되었다. 그로부터 약 300년 후, 모리셔스섬의 칼바리아나무가 멸종 위기에 처했고 한 생태학자가 그 원인이 도도새의 멸종에 있음을 밝혀냈다. 칼바리아나무의 씨앗은 도도새의 먹이 활동 과정을 통해 발아를 해왔는데 도도새가 사라지면서 더는 싹을 틔울 수 없게 된 것이다.

이처럼 한 종의 변화는 유기적으로 다른 종의 생존에 영향을 미친다. 한반도에서 곰과 호랑이가 사라지면서 멧돼지와 고라니가 기승을 떨치는 것도 같은 이유다.

도도새의 일화에서 볼 수 있듯, 지구상의 모든 동식물은 긴밀하게 연결되어 있다. 그러므로 생물다양성을 유지하는 것은 지구의 환경이 올바르게 작동하는 데 무엇보다 필요하고 중요하다.

국제연합환경계획(국제연합 산하의 환경 관련 기관)이 발표한 생물다양성협약 제2조에 근거하면, 생물다양성이란 지구에 사는 생물종의 다양성, 생물이 서식하는 생태계의 다양성, 생물이 지닌 유전자의 다양성을 총체적으로 의미한다.

모든 곡식과 고기, 채소, 과일은 물론 대다수 의약품, 건강식품은 생물다양성의 산물이다. 제인 구달은 생물다양성을 거미줄에 비유하기도 했다. 거미줄의 줄이 한두 개씩 끊어지면 결국 거미줄이 점점 약해지는 것처럼 동식물종이 하나씩 없어지면 생명의 그물망이 끊겨나가 지구의 안전망에 구멍이 생기고 균형이 무너지게 된다는 것이다.

그렇다면 과연 지구상의 생물종 수는 모두 얼마나 될까?

인간에 의해 확인된 것은 약 160만 종 정도지만, 미국 공공 과학도서관이 발행하는 온라인 학술지《플로스 바이올로지PLOS Biology》에 따르면 약 1000만 종이, 국제연합환경계획의 보고서에 의하면 약 3000만 종이 존재할 것으로 예측된다.

아마존은 이 많은 생물종 중에 약 10퍼센트 이상이 서식하는 생명의 보고寶庫와 같은 지역이다. 전 생물종의 절반 이상이 열대우림에 서식하고 있는데, 아마존은 세계 열대우림의 40퍼센트를 차지하고 있다. 바다로 유입되는 모든 강물 중 20퍼센트를 책임지고 있는 아마존강은 민물의 순환에 절대적인 역할을 담당한다. 또한, (숫자 때문에 머리가 아플 수도 있지만, 이제 끝이 보이는 만큼 조금만 참아주시길) 600만 제곱킬로미터의 광대한 아마존 열대우림의 토양과 식물들은 지구상에서 가장 큰 탄소 흡수원으로 약 2000억 톤의 탄소를 저장하고 있다.

이 아마존이 21세기 들어 농경지 확장, 불법적인 삼림 벌채, 인위적인 화재로 급격히 불타 사라지고 있다. 지속가능발전해법네트워크(국제연합 산하의 자문 기구)는 2050년까지 아마존 나무종의 다양성이 58퍼센트까지 감소하고, 이에 따라 지금의 열대우림 면적의 약 65퍼센트가 사라질 것이라는 암울한 전망을 내놨다.

아마존에 갔을 때, 숲이 불타는 것을 보지 않은 날이 단 하루도 없었다. 거대한 목장과 농장을 더 넓히기 위해 아마존 숲을 태우고 있었다. 그 결과, 아마존 열대우림의 60퍼센트가 속해 있는 브라질은 미국과 캐나다를 제치고 콩과 소고기 수출 1위 국가가 되었다. 2022년 상반기에만 1만 3000제곱킬로미터, 즉 서울 면적의 여섯 배 이상이나 되는 숲이 불타 사라졌으며 이 속도는 나날이 신기록을 경신하고 있다. 물론, 브라질 정부가 마냥 손을 놓고 있는 것은 아니다. '환경·재생 천연자원연구소'라는 브라질 정부기관은 아마존 지역의 환경과 불법 방화를 감시하고 벌금을 부과한다.

〈아마존의 눈물〉을 촬영하면서 정부기관과 협력해 불법 방화 현장을 덮친 적이 있다. 나무 수십 그루가 불타고 있는 현장에서 어렵지 않게 방화범을 찾아냈다. 인근의 가난한 농부였다. 그는 엄청난 숲을 불태우는 돈 많은 농장주는 처벌하지 않고 자기처럼 먹고살기 위해 작은 밭을 개간하는 소작농만 괴롭힌다며 울분을 토했다. 실제로 우리는 거대한 농장의 소유주를 인터뷰하려고 시도했으나, 차로 한두 시간을 달려도 그곳의 출입구조차 찾을 수 없을 정도로 농장은 광활했다.

아마존이 사라진다는 것은 그 지역만의 문제가 아니다. 그 결과는 우리가 사는 한반도에도 영향을 미칠 수밖에 없다. 아마존은 지구 산소의 20퍼센트를 만들어내며 '지구의 허파'라고 불린다. 브라질 기후학자인 카를루스 노브르에 의하면, 생태계 훼손율이 20~25퍼센트에 이르는 순간, 아마존 열대우림은 유지되지 못할 것이다. 그 순간이 오면, 900억 톤의 이산화탄소가 대기 중에 방출돼 지구 가열을 한층 가속시킬 것이다. 그렇게 되면 식량이나 식수원을 구하기 어렵게 된다는 것은 너무나 자명하다. 그뿐 아니다. 현재 녹내장, 백혈병, 심장병, 말라리아 그리고 각종 암 등 다양한 질병의 치료제가 아마존 열대우림의 식물에서 추출된다. 인류는 약을 구하지 못함과 동시에 아마존에서 나온 미지의 바이러스와 싸워야 할 수도 있다.

심각하다는 것을 깨닫는 순간은 이미 훼손 진행을 멈추기에 늦었을 때일 것이다. 훼손하기는 쉽지만, 다시 복원하는 데는 어마어마한 시간이 걸릴 것이고 어쩌면 불가능할 수도 있다. 더 늦기 전에 아마존의 불을 꺼야 한다.

북극에
갈 수 없는
북극곰

3

북극곰과
알래스카
동네 개의 혈투

북극곰을 촬영하기 위해 알래스카에서 가장 위도가 높은 마을인 캑토빅으로 향했다. 캑토빅은 위도 70도로, 알래스카이자 북극의 작은 마을이다. 비행기를 타고 한 번에 갈 수 있는 곳이 아니다. 인천공항에서 미국 시애틀로, 시애틀에서 앵커리지로, 앵커리지에서 배로로, 배로에서 캑토빅으로 계속 비행기를 갈 아타는 긴 여정을 감수해야 도착할 수 있다.

곰은 후각이 예민하고 행동이 민첩하다. 그래서 〈곰〉을 촬영하며 줄곧 애를 먹었던 터라, 북극곰마저 찍기 어려울까 봐 캑토빅까지 가는 내내 초조했다. 5년 전에도 북극곰을 찍으러 캑토빅에 왔었다는, 이번 출장에 동행한 촬영감독 선배는 불안해하는 나를 보며 장담했다.

"아이고, 캑토빅에는 곰이 동네 개보다 많쥬. 비행기에서부터 땅에 곰이 바글바글 있는 게 보일 정도여."

드디어 이틀이나 계속된 비행이 끝났다. 경비행기는 캑토빅 마을 공항에 조심스럽게 내려앉았다.

"이상허네……."

선배의 목소리에서 자신감이 급격히 사라졌다. 바글바글할 것이라던 북극곰이 단 한 마리도 없었기 때문이다.

원래 이 시기에는 북극곰들이 캑토빅 인근에 머물며 북극해가 얼기를 기다려야 한다. 그들은 이곳에서 바다사자를 사냥하며 겨울을 지낸다. 그런데 왜 안 보이는 것일까? 마을에 있는 기후변화센터에서 그 이유를 알 수 있었다. 최근 들어 날씨가 너무 따뜻해져서 바다가 어는 시기가 뒤로 밀렸다는 것이다. 그래서 북극곰들이 예전처럼 시즌에 맞춰 일사불란하게 이곳을 찾지 않고, 각자 먹이를 찾아 움직인다고 했다.

그래도 설마……. 마을 곳곳을 돌아다니며 북극곰을 찾기 시작했다. 없었다. 하루 이틀이 지나자, 촬영이 실패할지도 모른다는 부담감에 피가 마르기 시작했다. 곰은 그림자도 보이지 않았다. 그렇게 닷새가 흘렀다. 몸도 마음도 피폐해졌을 무렵, 마을 동쪽 끝에서 북극곰을 봤다는 주민이 나타났다. 이번에도 북극곰을 보지 못한다면 북극에 뼈를 묻겠다는 심정으로 잽싸게 트럭에 촬영 장비를 싣고 동쪽 외곽으로 차를 달렸다.

북극곰은 육식하는 육상 포유류 가운데 가장 큰 녀석이다. 복슬복슬한 하얀 털과 귀여운 외모 덕에 엄청 순하게 보이지만, 실은 거대한 물개나 바다사자를 사냥하는, 곰 중에 가장 포악한 놈이다. 그러니까 콜라를 먹는 귀염둥이가 아니라 사람도 곧잘 잡아먹는 놈들이라는 이야기다. 그래서 촬영은 무

조건 트럭 위에서 해야 한다. 땅바닥에서 촬영하다가 배고픈 북극곰이 덮치면 도망갈 방법이 없다. 워낙 빨라서 북극곰이 그저 성큼성큼 걷기만 해도 인간쯤은 순식간에 따라잡는다.

드디어 저 멀리 북극곰이 보였다. 트럭을 탄 채 천천히 다가갔다. 처음 만난 북극곰의 외모에 심쿵했다. 얼마나 만나고 싶었던지……. 무서움도 사라지고, 하얗고 복슬복슬한 몸을 와락 안아주고 싶은 심정이었다. 그런데…… 이 북극곰은 풀을 뜯어 먹고 있었다. 물론 북극곰은 잡식성이라 뭐든 먹을 수 있지만, 명색이 북극의 최상위 포식자다. 얼음 위를 뛰어다니며 바다사자를 사냥해도 모자랄 판에 참……. 우리가 보고 있어서 자존심이 상했는지, 북극곰은 갑자기 몸을 일으켜 세우더니 마을 쪽으로 향하기 시작했다. 배가 고픈 곰은 그 어떤 맹수보다 무섭다. 갑자기 긴장감이 흘렀다.

곰들은 머리가 좋고 손을 잘 쓰기 때문에 창고나 쓰레기통, 심지어 자동차 문이나 트렁크도 열고 먹을 것을 찾는다. 마을에 들어선 북극곰은 커다란 쓰레기통 뚜껑을 열고 안을 들여다봤다. 그러고는 먹을 게 없었는지 다시 뚜껑을 닫고(예의도 바르지……) 민가 주변을 탐색하기 시작했다.

캑토빅 마을 주민들은 대부분 크고 사나운 개를 키운다. 배고픈 북극곰이 먹이를 찾아 마을로 들어오기 때문에 일종의 경계병을 세워두는 셈이다. 북극곰이 나타나자 집 앞에 묶여 있던 개들이 맹렬히 짖어댔다. 역시 알래스카의 개들은 용맹하다고 생각하는 찰나…… 곰이 아랑곳하지 않고 가까이 다가가자 개 짖는 소리가 급격히 작아지더니, 수백 킬로그램에 달하는 북극곰의 덩치를 확인하고는 하나둘 개집으로 들어갔다. '좋았어, 자연스러웠어' 하는 표정들이었다. 역시 알래스카 개들은 생존 능력이 뛰어났다.

단 한 마리의 검정 개만이 용감하게도 짖기를 멈추지 않았다. 곰이 가소롭다는 듯 그 개에게 다가갔다. 개라도 잡아먹으려는 듯이 보였다. 개가 멈추지 않자, 북극곰은 몸을 벌떡 일으켜 세웠다. 상대를 제압하기 위한 행동이다. 검정 개도 지지 않고 짖으며 전열을 가다듬는 것처럼 잠시 등을 돌렸다. 그 순간……! 북극곰이 개의 뒷다리를 강한 턱과 이빨로 낚아챘다. 곰의 힘이 얼마나 센지, 강철로 된 개의 목줄이 고무줄처럼 끊어졌다. 맹수 앞에서는 절대 등을 보이면 안 되는 법이다.

탕! 탕!!!

절체절명의 순간, 총소리가 울렸다. 마침 점심을 먹으러 들어온 개 보호자가 북극곰을 발견하고는 공포탄을 쏜 것이다. 북극곰은 결국 바닷가 쪽으로 방향을 돌렸다. 검정 개는 다행히 상처가 깊지 않은 것 같았다. 채 흥분이 가시지 않은 녀석은 다리를 절룩이면서도 연신 킁킁거렸다. 인간으로 인해 시작된 기후변화에 북극곰도, 개도 고생이었다.

캑토빅에서 목격한 기후변화는 북극을 넘어 지구 곳곳에서 발생하고 있다. 2015년, 기후 위기를 우려한 세계 각국은 프랑스 파리에서 열린 제21차 기후변화 당사국 총회에서 '파리협약'을 체결해 기온 상승을 1.5도로 제한하기 위해 노력하자는 구체적인 목표를 세웠다. 문제는 그때도 이미 지구 평균기온이 1.07도 상승해버린 시점이라 1.5도까지는 불과 0.43도밖에 남지 않았었다는 점이다.

1.5도가 별거 아닌 것 같지만 인간의 체온이 정상인 36.5도에서 38도로 올라 장기간 유지되면 생명을 잃고 만다. 과학자들은 지구가 견딜 수 있는 최후의 마지노선을 2도 정도로 보고 있다. 2도가 넘는 순간이 지구 생태계의 조화가 일순간에 깨져버리는 티핑포인트가 될 것이라고 한다. 서방국가들은 전 세계에서 가장 많은 탄소를 배출하는 중국을 비판하고, 중

국은 지금의 기후 위기는 서방국가들이 자초한 것이라고 맞받아친다. 이렇게 말로만 싸워서는 파리협약은 종이 쪼가리에 불과하다. 아마 우리나라 사람들도 대부분 중국이나 미국이 기후변화의 주범이라고 생각할 것이다. 그러나 사실, 한국도 탄소 배출에서는 기후 악당의 반열에 든다. 현재 한국인들이 사용하는 방식대로 에너지를 쓰고 자원을 소비한다면, 지구가 3.3개 있어도 감당하기 어려울 지경이다. 상대방을 비난하고 탓하기 전에 나 자신부터 돌아봐야 한다. 그렇게 해도 인류의 미래는 불확실하다.

북극의 얼음이 어는 시기가 늦어지고 있는 지금, 북극곰과 알래스카의 개들이 서로를 견제하고 있는 지금, 지구는 12만 5000년 역사 중 최고로 높은 온도를 기록하고 있다. 최후 방어선이 얼마 남지 않았다.

얼지 않는 바다,
차오르는 바다

북극곰은 주로 바다사자나 물개 등을 잡아먹는다. 한 해 약 20~30마리를 사냥해야 생존할 수 있다. 문제는 요즘 북극이 얼지 않는다는 것이다. 북위 60도 이상을 보통 북극이라 일컫는데, 이곳은 대부분 바다로 이루어져 있다. 남위 60도 이상의 남극이 대부분 남극대륙이라는 땅으로 이뤄진 것과 정반대다. 재미있는 것은 북극해와 남극대륙의 면적이 거의 같다는 점이다.

겨울이 가까워지면 북극의 바다는 얼기 시작한다. 물개와 바다사자는 언 바다, 즉 해빙을 서식지 삼아 새끼를 낳고 키운다. 바다가 얼어 해빙이 만들어져야 북극곰들이 물개와 바다사자를 찾아 더 북쪽으로 올라갈 수 있는데, 온난화의 영향으로 얼음이 얼지 않고 있다.

아무리 북극곰이 수영을 잘한다고 해도 수십 또는 수백 킬로미터를 헤엄칠 수는 없다. 가다가 쉴 만한 해빙이 있어야 에너지를 보충하고 다시 길을 떠날 수 있는데, 북극의 얼음이 사라지면 방법이 없다. 최근 들어 배고픔을 견디지 못한 북극곰들이 먹이를 찾기 위해 바다에 뛰어들었다가 익사한 채 발견되기도 했다. 얼마나 배가 고팠으면 그랬을까.

북극곰을 촬영하러 알래스카 캑토빅에 함께 간 촬영감독 선배가 놀라운 이야기를 들려줬다. 5년 전, 선배는 다른 촬영 팀과 이 마을에 왔었는데 그때는 비행기가 바닷가의 활주로에 내렸다고 했다. 우리는 이번에 마을 북쪽의 산 중턱 활주로에 착륙했다. 바닷가에 가보니 선배가 도착했었다던 활주로의 흔적이 남아 있었다. 하지만 파도가 밀려올 때마다 중간중간 허리가 끊겨버렸다. 이제 그곳은 제 역할을 하지 못했다. 비가 오는 만조 때, 바다에 나가보니 며칠 전까지만 해도 보였던 활주로가 대부분 바닷물에 잠겨 찾아보기도 힘들었다. 어둑한 바닷가 저 멀찍한 곳에서는 북극곰 한 마리가 망연자실한 듯 멍하니 바다를 바라보고 있었다.

지난 수백, 수천 년간 북극곰들은 이곳에서 여름을 보낸 후, 바다가 얼기 시작하는 10월이면 당당히 걸어서 북극해를 건넜다. 하지만 날씨가 더워진 최근에는 바다가 언제 얼지, 정말 얼기는 하는 것인지 장담할 수 없다. 북극곰들은 영문도 모른 채 하염없이, 북극에 갈 수 있는 날을 손꼽아 기다리고 있었다.

어느 날, 이곳 북극곰들에게 경사가 생겼다. 캑토빅 어부들이 고래를 잡은 것이다. 이곳에는 고래를 포획해서 마을 사람들 전체가 나눠 먹는 전통이 있다. 주로 삶아서 먹는다. 물론, 고래 보호 정책으로 인해 한 해 동안 포획할 수 있는 고래의 마릿수가 정해져 있다. 그해에는 주민들이 고래 두 마리를 잡았다. 이날에는 북극곰도 오랜만에 포식할 수 있다. 주민들은 자신들이 먹을 살을 발라내고, 남은 뼈와 지방 덩어리를 모아서 곰들을 위해 인근 앞바다에 쌓아둔다.

이윽고 고래의 피 냄새에 인근 북극곰들이 몰려오기 시작했다. 얼추 열댓 마리는 되었다. 북극곰들은 입에 피를 한가득 묻혀가며 주린 배를 채웠다.

얼마 후, 엄마 곰이 새끼 두 마리를 데리고 헤엄쳐 오는 것이 보였다. 고래 사체가 있는 곳은 만조가 되면 섬처럼 변해서, 헤엄치지 않으면 접근할 수 없다. 엄마에게 배웠는지 새끼들의 수영 솜씨가 성체 못지않았다. 섬에 도착한 엄마 곰은 거대한 수컷 곰들이 점령한 고래 사체에 쉽사리 접근하지 못하고 주변을 빙빙 돌았다. 새끼들이 고래 쪽으로 다가가려 하자, 날카로운 소리를 내며 제지했다. 굶주린 북극곰 수컷들이 새끼를 잡아먹을 수도 있기 때문이다. 그렇게 한두 시간 눈치를 보던 엄마 곰은 드디어 결심이 선 듯, 새끼들을 데리고 고래 사체 한복판으로 돌진했다. 그 기세에 놀랐는지, 수컷들이 슬

금슬금 자리를 내주었다. 새끼 곰들이 신나서 고래 뼈에 남은 살덩어리들을 발라 먹던 그 순간, 거대한 수컷 곰이 접근했다. 이를 눈치챈 엄마 곰은 득달같이 달려가 수컷 곰을 막아섰다. 일촉즉발의 위기!

엄마 곰과 수컷 곰은 입을 크게 벌리고 상대에게 날카로운 이빨을 드러내며 으르렁거렸다. 새끼를 보호하기 위한 엄마 곰의 위세에 눌렸는지, 곧 수컷 곰이 꼬랑지를 말고 뒷걸음질했다. 이후에도 몇 차례 수컷 곰들이 기웃기웃했지만, 엄마 곰은 절대 물러서지 않고 새끼들이 고래고기를 다 먹을 때까지 방어선을 내주지 않았다. 역시 곰 중에 가장 무서운 곰은 엄마 곰이다. 엄마 곰과 새끼 곰은 해 질 무렵이 되어서야 고래 사체를 뒤로하고 바다로 돌아갔다.

이날 먹은 고래고기로 엄마 곰 가족은 며칠 동안 굶주림에서 벗어날 수 있었겠지만, 바다가 계속 얼지 않는다면 북극이 아닌 다른 곳에서 생존을 위한 먹이를 찾아야 할 것이다.

초가을까지 몇 주간 캑토빅에 머물렀지만, 우리가 그곳을 떠나는 날까지도 바다는 얼 기미조차 보이지 않았다.

환경 다큐멘터리를 제작하면서 해수면 수위가 심상치 않

음을 뼈저리게 느끼고는 했다. 북극이, 남극이 온난화로 녹아 내리고 있는 것을 생생하게 보았기 때문이다.

영국 리즈대학교의 극지 관측 및 모델링센터에 따르면, 지난 23년간 전 세계에서 28조 톤의 얼음이 사라졌다. 얼음이 녹는 속도도 점점 빨라지고 있다. 1990년대에는 매년 약 8000억 톤의 얼음이 녹은 데 반해, 2010년대에는 1조 3000억 톤의 얼음이 매년 녹아 없어졌다.

북극과 남극의 빙하는 햇빛을 반사하는 역할을 한다. 그런 빙하가 녹으면 주변의 바다는 더 많은 빛을 흡수할 수밖에 없고, 그 결과 기온 상승이 가속화돼 지구가 더 뜨거워진다. 즉, 빙하가 사라지면 해류 시스템과 대기 순환 시스템이 전체적으로 교란돼, 온난화가 걷잡을 수 없이 빠르게 진행된다. 지금 해수면 상승이 과거 과학자들의 예상보다 급격하게 이뤄지고 있는 것만 봐도 상황의 심각성을 알 수 있다.

북극과 남극의 기후 문제는 그곳에서 살아가는 북극곰이나 펭귄에게만 고통을 주는 것이 아니다. 사람에게도 생존의 문제로 다가온다.

현재, 남태평양의 키리바시나 투발루 같은 섬나라들은 만

조가 되면 시내 중심가까지 바닷물이 차오른다. 이곳들은 가까운 미래에 바닷속으로 사라질지도 모른다. 인구 10만 명 정도의 키리바시는 해수면보다 불과 2미터 정도 높은 나라다. 2100년경이 되면 전 세계 바다 높이가 1.2미터 가까이 상승할 것으로 예측되므로, 이런 비극적인 가설은 현실이 될 가능성이 크다.

산업혁명 이후 엄청난 탄소를 만들어내며 지구의 온도를 끌어 올린 주범은 소위 선진국들이지만, 정작 고통받는 것은 가난한 섬나라 국민이다. 키리바시 국민은 삶의 터전을 떠나야 하는 절박한 상황인데, 그 어떤 나라도 도움의 손길을 적극적으로 내밀지 않고 서로 책임을 떠밀고 있다.

섬나라가 사라지면 우리는 안전할까? 다음 차례는 바로 우리가 될 수도 있다. 해수면이 1미터 상승하면 영산강 하구와 낙동강 하구가 3미터 상승할 것이고, 금강 하구의 군산, 장항 등이 수몰될 수도 있다. 그때가 오면, 서해안은 해안선이 눈에 띄게 후퇴할 것으로 추정된다.

기후변화가 시작되면 동물이 가장 먼저 고통받는다. 그러고 나서 고통은 사회 취약층들에게 전달된다. 이 고통은 사라지는 것이 아니다. 가장 취약한 생명에서 시작해 점점 지구 전체에 옮겨 간다.

그런데도 지금, 선진국들은 보호해야 할 남극, 북극까지 욕심을 내고 있다. 온난화가 그들에게는 호재다. 북극의 해빙이 줄어들면서, 이미 그들은 북극항공로를 개발하고 있다. 항공로는 북미와 유럽을 잇는 캐나다해역의 북서항로와 아시아·유럽을 잇는 러시아해역의 북동항로로 나뉘는데, 북극해를 지나는 북극항로는 수에즈운하를 경유하는 현재 항로보다 거리가 짧아 항해 일수를 단축하고 물류비를 크게 절감할 수 있다는 장점이 있다. 우리나라 부산에서 북유럽까지 물류를 운반할 때, 북극항로를 이용하면 시간을 최대 절반까지 단축할 수 있다. 또한, 남극을 덮고 있는 얼음이 녹게 되면 남극대륙이 품고 있는 엄청난 자원들을 개발할 수도 있다.

현재는 남극조약으로 어떤 나라도 남극에 대한 영유권을 주장할 수 없지만, 머지않은 미래에는 많은 나라가 남극기지 주변 땅에 대한 영유권을 주장하며 땅따먹기를 시작할 것이다. 남극이 개발되기 시작하면, 빙하는 빛의 속도로 줄어들 것이 불 보듯 뻔하다. 결국, 인간의 욕심은 점점 더 지구를 병들게 할 것이다.

육식
전쟁

육식을 좋아하는 인간으로 태어난 것 같다. 밥 먹을 때, 고기반찬이 없으면 괜스레 우울해진다. 애초에 비건이 되긴 글러먹었다. 이렇게 태어난 거 어쩌겠냐고 생각할 수도 있지만, 문제는 요즘 죄책감을 느끼고 있다는 점이다. 육식이 지구온난화를 가속화하기 때문이다.

온난화의 주범인 온실가스는 이산화탄소, 메탄 등의 가스를 통틀어 이르는 말이다. 산업혁명 이후, 인간의 노동력을 기계가 대신하면서 엄청난 양의 탄소가 발생하기 시작했다. 지구온난화가 본격적으로 시작된 시점이 이때다. 발전소를 돌려 에너지를 만들고, 공장을 돌려 제품을 생산하고, 옷을 만들고, 건물을 짓고, 자동차를 이용하는 모든 과정에서 탄소가 뿜어져 나온다.

가축을 키우는 과정에서도 엄청난 양의 탄소가 발생한다. 빌 게이츠가 이끄는 투자회사인 브레이크스루 에너지 벤처스 Breakthrough Energy Ventures에 따르면 전 세계 온실가스 배출량에서 농업이 차지하는 비중은 19퍼센트로, 제조업(31퍼센트), 발전(27퍼센트)에 이어 세 번째다. 자동차나 선박, 기차, 비행기 등 교통수단을 이용함으로써 발생하는 온실가스보다 농사를 짓고 가축을 키우는 데 더 많은 탄소가 발생한다.

아마존이 불타는 이유와 브라질이 소고기 수출 1위 국가가 된 이유는 같다. 광활한 아마존 밀림을 불태워 초원을 만드는 것은 소를 키우거나 소에게 먹일 곡물을 재배하기 위해서다. 이 작물 재배 과정에서도 탄소가 배출된다. 소나 양 같은 반추동물은 소화 과정에서 방귀나 트림으로 메탄을 방출하는데, 이는 이산화탄소보다 20배 이상 강하게 온실효과를 가속화하는 것으로 알려져 있다. 그뿐 아니다. 소를 도축해 식탁에 오르는 고기를 만드는 과정에는 엄청난 양의 물이 필요하다. 이런 이유로 브라질의 아마존은 점점 황폐해지는 중이다. 미국과 유럽이 브라질의 아마존 개발을 강도 높게 비난하지만, 브라질은 온리 마이 웨이다. 자국의 정책에 간섭하지 말라는 거다.

현재 전 세계 인구는 80억 명 달성을 코앞에 두고 있으며, 2050년엔 100억 명의 사람이 지구에 살 것으로 보인다. 우리나라는 현저히 낮아지는 출산율로 인해 2020년부터 감소세를 보이나, 아프리카나 인도의 인구 성장세는 여전히 폭발적이다. 굶주림에 시달리는 인구는 3억 명을 넘고 있지만, 세계의 평균적인 생활수준은 상승해서 육류 섭취도 급속히 증가 중이다. 한국육계협회에 따르면 한국인들은 연간 약 10억 마리에 가까운 닭을 소비한다. 전 세계적으로는 매년 600억 마리의 닭과 3억 마리 이상의 소 그리고 13억 마리 이상의 돼지가 도축된다. 인구가 늘어나니 이들을 먹일 가축의 수도 늘어날 수밖에 없다. 더 많은 가축을 사육할 공간을 만들기 위해 탄소를 정화할 숲은 사라지고 온실가스는 증가하는, 그야말로 악순환의 연속이다. 사람의 먹이가 되기 위해 좁은 면적에서 살아가는 가축의 열악한 상황은 지옥 그 자체라 동물복지란 말은 감히 꺼내기조차 힘들다.

최근 한 행사에서 대체육을 먹어봤다. 몇 년 전에 나온 대체육들은 사실 고기 맛이라고 하기는 어려웠지만, 이번에 맛본 것은 완벽한 고기 맛이었다. 콩으로 만들었다고 하는데, 어떻게 이런 맛을 낼 수 있는지 감탄할 수밖에 없었다. 하기야 자율 주행 자동차가 일상화 단계로 접어드는 세상이니 뭔들 못 만들랴⋯⋯.

문제는 대체육이 대체로 비싸다는 점이다. 매일 고기 대신 대체육을 먹는다면 엥겔계수가 100에 가까워질지도 모른다.

하지만 육식을 조금 줄이고 가끔이라도 대체육을 먹는 것은 우리가 실생활에 적용할 수 있는 가장 쉬운 일이기도 하다.

숲 복원이나 대체에너지 발전 등은 개인에게는 조금 거창한 이야기처럼 들릴 수 있지만 육식을 줄이는 것, 대체육을 먹는 것, 그마저도 어렵다면 마지막 선택지로 반추동물인 양이나 소 대신 돼지고기나 닭고기를 먹는 것은 당장 실천할 수 있는 일이다.

다행히 대체육 시장은 점점 커지고 있다. 관심을 갖는다면, 맛있으면서도 환경을 위한 식탁을 만들 수 있다. 더 나아가 일반 우유 대신 귀리우유나 아몬드우유를 마시는 것도 좋겠다.

이런 움직임들이 탄소 저감에 작게나마 보탬이 될 것이고, 그러다 보면 지난 나의 육식 생활로 발생한 탄소 발자국을 조금이나마 만회할 수 있지 않을까.

묵념하는
코끼리

동물의 왕 자리에 곰이 앉아야 한다고 생각하지만, 그 자리를 가장 힘이 센 동물에게 줘야 한다면 논쟁이랄 것도 필요 없이 왕좌는 바로 이 녀석 차지다. 상대가 누구든 압도적인 파워로 손쉽게 제압해버리는 녀석의 이름은 바로 코끼리.

아프리카코끼리는 어깨까지의 높이만 해도 4미터, 몸무게는 6~8톤에 육박한다. 육상 포유류 중에 가장 거대하다. 곰 중에 가장 거대한 북극곰이 키가 3미터, 몸무게는 600킬로그램 정도니, 코끼리가 얼마나 클지 짐작할 수 있다.

혹시 화난 코끼리를 실제로 본 적이 있는가? (제발 아무도 못 봤기를……. 봤다면 살아서 이 책을 읽을 수 없을 테니까…….) 그들은 북극곰과 사자 따위는 저 멀리 하늘로 날려버릴 수 있고, 기다란 코로 거대한 나무를 뿌리째 뽑아버릴 수도 있다.

코끼리는 평생을 끈끈한 모계가족 집단 속에서 생활한다. 보통 세 마리의 어미와 새끼들을 포함해 약 열 마리가 집단생활을 하고, 가장 연륜 있는 암컷이 무리를 이끈다. 우두머리는 먹이와 물에 대해 가장 많은 정보를 지니고 있으며, 이를 새끼들에게 전수한다. 수컷은 어느 정도 나이가 되면 무리를 나와 단독생활을 하지만, 정기적으로 돌아와 가족과 함께 지낸다가 또다시 떠나는 생활을 반복한다.

코끼리들은 다른 무리와도 유대를 맺으며 친밀감을 유지할 정도로 지능이 높은데, 이들의 세계에서 가장 놀라운 점은 장례 풍습이다. 무리 중 누군가가 죽으면 나머지 코끼리들은 그 주변을 맴돌며 애도한다. 2013년, 케냐 삼부루 자연 보호구역에서 아프리카코끼리를 관찰하던 연구자들은 놀라운 장면을 목격했다. 한 코끼리 그룹의 리더인 빅토리아가 죽자 나머지 코끼리들이 애도를 시작했는데, 그중 막내딸인 누르의 관자놀이 샘에서 눈물 같은 분비물이 주르르 흘러내렸다. 관자놀이 샘에서 분비물이 나오는 것은 스트레스를 받거나 번식기 때라고 알려진 만큼, 연구자들은 이 모습이 어미의 죽음에 슬픔을 보이는 것이라고 했다. 이튿날에도 조문 행렬은 이어졌으며, 약 3주간 여러 무리의 코끼리와 빅토리아의 무리를 떠났었던 수컷 코끼리들이 찾아왔다. 그러고는 빅토리아 사체 주변에 조용히 서 있거나 주변을 맴돌았다.

코끼리는 매년 물을 찾아 이동하다가도 자신의 새끼나 어미가 죽은 곳을 지나칠 때면 멈춰 서서 묵념 같은 행동을 한다. 이런 높은 지능과 정서적 공감 능력으로 인해, 코끼리는 주변에 잘 적응하고 새끼를 교육하며 멸종의 길을 피해왔다.

이제는 한계다. 세계자연보전연맹에 따르면 아프리카코 끼리 중 숲코끼리는 지난 30년간 80퍼센트 이상, 사바나코끼 리는 지난 50년간 60퍼센트 이상 감소하면서 멸종 위기 취약 단계에 진입했다. 상아를 노리는 사냥도 끊이지 않지만, 더 큰 문제는 바로 서식지 감소와 이상기후로 인한 가뭄이다.

코끼리는 하루 300리터 이상의 물을 마셔야 생존할 수 있 다. 케냐 관광야생동물부에 따르면, 2021년에 밀렵으로 죽은 코끼리는 열 마리 남짓이지만, 가뭄으로 물을 마시지 못해 죽 은 코끼리는 최소 179마리에 이른다고 한다.

가뭄에 개발이 더해지며 코끼리의 생존 조건은 급격히 나 빠지고 있다. 아프리카의 숲과 초원이 농장과 도시로 바뀌며, 코끼리는 더더욱 물과 먹이를 찾기 어려워졌다. 굶주린 코끼 리들은 먹이와 물을 찾아 인간의 마을로 들어오지만, 총과 무 기로 무장한 인간을 이길 수는 없다.

아프리카의 자연에서 코끼리의 역할은 매우 중요하다. 풀 을 뜯어 빽빽한 초목에 틈을 만들고, 열매를 먹은 후 배변을 함으로써 나무가 잘 자라지 않는 열대 초원인 사바나에 씨앗 을 뿌리고, 배설물로는 토양을 비옥하게 만든다. 심지어 코끼리는 이산화탄소를 덜 흡수하는 저탄소밀도 나무를 골라 먹는다는 최근 연구 결과도 있다. 숲과 사바나 생태 균형 유지에 코끼리는 없어서는 안 될 존재다. 코끼리가 사라진 아프리카는 더 이상 생명의 땅이 될 수 없다.

혹시 지구상 어디선가 묵념하는 코끼리를 만나게 된다면 우리도 그들과 함께 묵념해야 하지 않을까? 그들은 이유도 모른 채 사라지고 있지만, 우리는 그 책임이 누구에게 있는지 알고 있으니까.

남극의
주인,
토끼……?

4

남극에
토끼가 산다

북극에는 북극곰도 있고, 북극토끼, 북극여우, 북극늑대, 순록과 사향소도 있으며 이누이트와 같은 원주민도 있다. 남극에는 토끼와 곰은 물론, 원주민도 없다. 너무 추워서 생명체들이 살기 어렵기 때문이다.

북극도 겨울에는 영하 35~40도로 매우 춥지만, 여름에는 영상 10도 정도까지 올라간다. 남극대륙은 평균기온 자체가 영하 55도라 북극보다 훨씬 춥다. 그곳의 극한 추위에서 살아가는 것은 바다를 터전으로 하는 해표, 고래, 펭귄들이거나 스큐어 같은 남극 새들 그리고 연구를 위해 머무는 과학자들 정도가 전부다.

그런데 이제는 남극에도 토끼가 산다. 남극대륙은 아니지만, 남위 60도 이상이라 남극으로 인정받는 지역에는 지금 토끼들이 번식하고 있다. 순록도 산다. 남극 개척을 위해 인간들이 식량으로 데려갔다가 놓고 온 녀석들이다. 과거에는 추위 속에서 얼어 죽거나 먹을 것이 없어 굶어 죽었겠지만, 남극이 점점 따뜻해지고 풀이 자라기 시작하면서 그들도 살아남을 수 있게 되었다.

남극에는 사실 식물들도 있다. 이끼처럼 보이는 지의류, 꽃을 피우는 남극개미자리와 남극좀새풀 같은 식물들은 원래 여름철에만 잠깐 모습을 보이고 겨울에는 자취를 감췄다. 하지만 온난화가 빠르게 진행되면서 이런 식물이 1년 내내 남극에서 살아갈 수 있게 되었다. 연구진들에 의하면 2009년을 기준으로 남극개미자리는 과거보다 열 배, 남극좀새풀은 다섯 배 빠르게 남극에 퍼지고 있다고 한다. 그와 함께 이 풀을 먹고 사는 토끼도 증가하게 되었다. 최근에는 쥐도 살고 있다. 이런 상황이면 조만간 곰도 남극에서 살게 될지도 모를 일이다. 그러면 남극곰인가……?

지난 30년 동안, 남극 온도는 지구 평균보다 세 배 가까이 올라갔다. 2010년부터는 매년 0.2도씩 매우 가파르게 상승 중이다. 2022년 2월, 세종기지 주변의 기온은 13.9도였다. 남극이라 불리기 무색할 만큼 따뜻해진 것이다. 그 결과, 세종기지 인근의 메리언 소만 빙벽은 녹아내리며 후퇴를 반복해서 1.5킬로미터 정도 사라져버렸다.

토끼와 같은 외래종이 등장하면서, 반대로 남극을 터전으로 살아가던 동물들은 사라지고 있다. 대왕고래(흰긴수염고래)를 포함한 고래들이 멸종 위기에 있고, 마젤란펭귄과 황제펭귄 외 다양한 종류의 펭귄들도 생존을 위협받고 있다. 앨버트로스 몇 종도 사라질 위기에 처했고, 다른 남극 새들도 이 위험에서 벗어나기 어렵다. 이런 동물들이 멸종 위기에 처한 것은 먹이 수 감소가 큰 이유다. 대왕고래부터 작은 물고기까지, 남극의 많은 생명체는 크릴새우를 주요 먹이로 삼는다. 크릴새우의 적당한 수는 남극의 건강한 생태계에 필수적이다.

이런 크릴새우가 줄어들고 있다. 첫 번째 이유는 역시 기후변화다. 크릴새우는 해빙의 가장자리에서 번식한다. 남극의 빙하가 줄어든다는 것은 크릴새우가 살 수 있는 곳이 사라진다는 의미다. 또 다른 이유는 어업이다. 막대한 양의 크릴새우가 사람들이 먹을 영양제를 만들기 위해 잡히고 있다. 부끄럽게도 한국은 남극에서 크릴새우를 가장 많이 어획하는 나라 중 하나다. 노르웨이와 중국에 이어 세계 3위다. 사람은 크릴새우를 주로 건강 기능 식품으로 가공해 섭취하는데, 사실 안 먹어도 된다. 대체할 수 있는 가공식품도 많다. 그에 반해, 남극의 동물들에게 크릴새우는 생존에 필수적이다. 크릴새우가 중요한 이유는 그뿐만이 아니다. 영국 남극 자연환경연구소의 발표에 따르면, 크릴새우는 매년 2300만 톤에 달하는 탄소를 흡수해 바닷속 퇴적물에 저장한다. 이는 아마존 밀림에서 제거하는 탄소량과 맞먹는 정도다.

이쯤 되면, 인간이 아무리 이기적이라고 해도 지구를 위해 크릴새우만큼은 남극에 양보하는 것이 맞지 않을까.

현재, 많은 환경단체에서 남극을 세계 최대의 보호구역으로 지정하기 위해 노력하고 있다. 1959년에 선언된 남극조약은 남극대륙에 그 어느 나라의 관할권도 두지 않는 것으로, 군사 활동 금지 지역으로 만드는 것은 물론 생물자원을 보존하자는 내용까지 포함하고 있다. 하지만 석유 시추나 채굴, 어업에 대해서는 언급하지 않았다.

남극을 보존하기 위해서는 그 광대한 지역을 보호구역으로 지정해 전 세계가 함께 노력해야 한다. 지구상에 남은 거의 유일한 자연 그대로의 곳이고, 이곳을 보호해야 환경오염과 기후변화에 제때 대응할 수 있다. 남극에 토끼가 산다는 것은 아무리 생각해도 정상은 아니다.

베처베이즈섬의
비극

남극의 바다가 얼어붙기 시작하는 4월, 〈남극의 눈물〉 촬영팀
은 동남극대륙의 호주 모슨기지에 머무르고 있었다. 어느 주말,
호주 대원 중 한 명이 기지 앞에 있는 베처베이즈섬으로 드라
이브를 하러 가자고 했다. 그곳은 아델리펭귄의 서식지인데, 겨
울인 4월이 되면 아델리펭귄 외에는 아무도 없다. 연구자를 위
한 작은 통나무집이 한 채 있을 뿐이다. 70킬로미터 이상 떨어
진 황제펭귄 서식지에서 촬영하다가 잠시 모슨기지로 복귀한
터라, 특별히 할 일도 없어서 쭐레쭐레 대원을 따라갔다.

　바다 얼음인 해빙은 호수처럼 평평하지 않다. 파도의 결
대로 얼었기 때문에 상당히 울퉁불퉁한 데다 가끔 갈라진 부
분도 있어서 바닷물에 빠지지 않도록 잘 살펴야 한다. 언 바다
위로 조심조심 사륜 오토바이를 타고 20분 정도 해빙을 달리
면, 아델리펭귄의 서식지인 베처베이즈섬에 도착한다.

　그런데……! 섬 전체에 펭귄 털이 가득했다. 아델리펭귄의
사체도 가득했다. 무슨 일이 있었던 것이 분명했다. 같이 간
호주 대원으로부터 펭귄 연구자의 이야기를 전해 들을 수 있
었다.

　"작년 여름에 여기서 1000마리가 넘는 새끼들이 태어났
었대. 그런데 살아서 바다로 돌아간 녀석들은 20마리도 안 된

다는 거야."

그해 여름…… 베처베이즈섬에는 커다란 비극이 닥쳤다.

거대한 빙산이 서식지 앞을 가로막은 것이다. 펭귄들은 혼란에 빠졌다.

아델리펭귄은 보통 남극의 해안가에 둥지를 만들고, 짝짓기를 해서 두 개의 알을 낳는다. 부모 중 하나가 먹이를 먹으러 바다로 나가면, 다른 하나는 둥지에서 알을 품는다. 알이 부화한 후에는 부부가 정신없이 바다를 들락날락하며 갓 잡아 온 물고기를 게워내 두 마리의 새끼들에게 먹인다. 새끼가 어느 정도 크고 나면 엄마 아빠는 쉽사리 먹이를 내주지 않는다. 도망가면서 새끼들이 쫓아오게 만든다. 새끼들을 운동시켜서 건강하게 만들려는 이유다. 마치 용돈 달라고 쫓아오는 자식들을 피해 도망을 다니는 부모 모습 같다.

어느 날 갑자기 거대한 빙산이 이 평화로운 곳 앞으로 흘러오면 어떤 일이 일어날까. 작은 빙산은 큰 문제가 되지 않는다. 피해서 바다로 들어가면 되니까. 문제는 도시보다 거대한 빙산이 바다로 가는 길목을 막을 때 발생한다.

아델리펭귄들은 새끼를 먹이기 위해 물고기를 사냥해

야 하는데, 빙산 때문에 입수할 수 없게 된다. 바다로 가는 길을 차단한 빙산을 힘겹게 가로질러 가려면 시간이 길어진다. 10~20분이면 둥지와 바다를 오갈 수 있었는데, 이제 며칠이 걸리기도 한다. 아델리펭귄은 황제펭귄과 달리 배 속에 물고기를 며칠씩 저장하지 못한다. 둥지로 돌아올 때까지 며칠씩 걸리면, 힘겹게 사냥해 물고기를 배 속에 저장해봤자 이미 모두 소화가 끝나버려 새끼를 위해 게워낼 것이 없다. 또한, 엄마 아빠가 서식지를 오랫동안 비운다는 것은 새끼들이 천적들에게 그대로 노출된다는 의미다. 도둑갈매기들은 새끼들만 가득한 서식지를 마치 편의점에서 도시락 사 먹듯 쉽게 드나들며 사냥한다. 보호해줄 부모가 없기 때문이다.

여태까지 그랬듯 빙산은 늘 존재해왔다.

남극대륙을 2000미터나 뒤덮고 있는 빙하는 엄청난 무게 때문에 조금씩 바다로 미끄러져 흘러내린다. 흐르던 빙하가 바다와 닿아 평평하게 얼어붙으며 해수면을 따라 퍼진 부분을 빙붕이라 한다. 그리고 빙붕 일부분이 깨져 분리된 채 바다에 떠다니는 얼음을 빙산이라 부른다.

문제는 과거와 양상이 달라졌다는 데 있다. 빙하의 연장선인 만큼 빙붕은 굉장히 두꺼운데, 날씨가 급격하게 더워지면서 두께가 얇아지다 보니 여기에 균열이 생겨 쪼개지며 과거에는 상상도 못 한 크기의 빙산이 만들어지고 있다. 2013년에 쪼개진 B09B라는 이름의 거대 빙산은 그 크기가 2900제곱킬로미터로, 경기도의 3분의 1에 달한다. B09B는 남극 해류를 따라 흘러 다니다가, 아델리펭귄의 최대 서식지 중 한 곳인 케이프 데니슨의 주변 지형에 걸린 채 멈춰버렸다. 결국, 펭귄들은 번식을 포기해야 했고, 그곳에 살던 아델리펭귄의 수는 불과 5년 만에 16만 마리에서 1만 마리로 줄어들었다.

이렇게 대형 빙산이 서식지를 가로막으면 남극의 생명은 치명적인 타격을 입는다. 환경의 변화는 펭귄 그리고 다른 남극 동물들의 삶에 이처럼 지대한 영향을 끼친다. 인간의 눈으로 보기에는 마음 아픈 사건 중 하나에 불과하겠지만, 아델리펭귄의 시선으로 보면 자신들의 세상이 사라진 것이다.

혹등고래,
기나긴 여정의
끝

지구상에서 가장 긴 여행을 하는 순례자는 누구일까? 두말할 것 없이 혹등고래다. 드라마 〈이상한 변호사 우영우〉에도 나온 혹등고래는 해마다 지구 절반에 가까운 거리인 2만 킬로미터를 넘게 이동한다. 겨울에는 열대나 아열대 지방에서 짝짓기하고 새끼를 키우며, 여름에는 남극으로 건너가 먹이 활동을 한다.

〈남극의 눈물〉을 촬영하면서 혹등고래를 본 적이 있다. 남극해 수면 밑에서 갑자기 정체 모를 물거품이 엄청나게 뽀글뽀글 올라온다는 것은 혹등고래의 사냥이 시작되었다는 신호였다. 혹등고래는 주로 무리를 이뤄 사냥하는데, 일부가 물고기 떼 아래에서 머리 꼭대기에 있는 구멍인 분수공으로 숨을 내쉬면 공기 방울로 인한 그물망이 형성된다. 그때 다른 혹등고래가 물고기나 크릴을 그물 안쪽으로 몬다. 이미 방향감각을 잃은 물고기들은 도망가려고 해도 공기 방울 그물 밖으로 나갈 수 없어서 그대로 수면으로 딸려 올라온다. 그 순간, 혹등고래들이 몸의 3분의 1에 달하는 입을 쫙 벌리고 수면을 훑으며 사냥한다.

혹등고래가 하늘로 솟구쳐 올라오는 모습은 엄청나게 멋있다. 15미터 길이와 30톤이 넘는 몸뚱이를 공중에 띄웠다가 다시 바다로 떨어뜨리는 동작인 '브리칭breaching'을 보고 있노라면, 정말 이 세상 생명체가 아닌 듯 경이롭기만 하다.

혹등고래에게는 신비로운 모습이 하나 더 있다. 그들은 깊은 바닷속에서 머리를 아래쪽으로 꼬리를 위쪽으로 한 채, 수직으로 서서 노래를 부른다. 짝을 부르는 소리로 알려진 혹등고래의 노래는 먼 바닷속에서도 선명하게 들린다. 한 연구 결과에 따르면, 저주파의 이 음악은 2000킬로미터 밖에 있는 혹등고래에게도 전달된다. 실제로 듣다 보면 일정한 패턴과 리듬을 알아차리게 되는데, 그 속에서 묘한 따스함과 편안함이 느껴진다. 1970년에 미국에서는 혹등고래의 노래를 녹음해 레코드로 판매했고, 무려 12만 5000장이 팔려나갔다. 우영우가 극 중에서 계속 헤드폰을 쓰고 있는 것은 아마도 혹등고래의 노래를 듣기 위함이 아니었을까.

혹등고래는 포유류이기 때문에 수면으로 올라와 숨을 쉰다. 성체는 보통 30분마다, 새끼들은 10분마다 호흡해야 한다. 갓 태어난 새끼들은 수영을 잘하지 못해서 엄마 혹등고래가 살포시 수면 위로 들어 올려준다. 혹등고래는 모성애가 강하기로도 유명하다. 엄마 고래가 새끼에게 젖을 먹이며 돌보는 모습을 보다 보면 마음이 훈훈해진다.

혹등고래를 비롯해 세상의 모든 고래는 지구에 없어서는 안 될 존재다. 특히 기후변화로 위기를 겪고 있는 지금, 고래는 그 어떤 생명체보다 중요하다.

그린피스에 따르면, 일반적인 나무 한 그루는 평생 22킬로그램 정도의 이산화탄소를 흡수한다. 고래 한 마리는 평생 33톤의 이산화탄소를 흡수한다. 한 마리의 고래가 1000그루의 나무보다 더 많은 탄소를 저장하는 셈이다.

다른 육상동물과 달리, 고래는 죽으면 심해에 가라앉기 때문에 사체에서 공기 중으로 배출되는 이산화탄소도 없다. 또한, 고래 사체는 수많은 해양생물에게 영양분을 공급하며 하나의 생태계를 만들어주기도 한다. 물론, 생전에도 많은 역할을 한다. 고래의 똥은 일종의 비료로 해조류와 플랑크톤의 형성에 도움을 준다. 해조류와 플랑크톤이 지구 산소 생성의 절반을 차지한다는 연구 결과도 있는 만큼, 고래는 똥마저도 귀중하고 요긴하다. 고래가 해수면과 심해를 오르내리거나 먼 바다를 가로지르면서 먹이를 먹고 배변 활동을 하면, 바닷속 영양분이 순환되면서 서로 닿지 않는 생태계가 연결되기도 한다.

과거부터 지금까지 고래들은 마치 아낌없이 주는 나무처럼 인간에게 많은 것을 내줬다. 램프에 불을 붙이기 위한 용도로, 비누와 마가린 그리고 윤활유 등의 원료로, 고래의 기름은 없어서는 안 될 자원이었다. 심지어 고래수염은 코르셋을 만드는 주요 재료이기도 했다. 원양어업으로 고래를 잡으면 기름만 짜내고 부피를 많이 차지하는 고래 사체들은 그냥 바다에 버리기까지 했다. 짜내고 버리고, 짜내고 버리고…….

돈이 된다는 이유로 고래에 대한 인간의 탐욕은 커져만 갔고, 19세기에 폭약 작살이 개발되면서 포경산업은 더욱 발전했다. 하지만 인간이 잡아들이는 수에 비해, 고래의 번식력은 좋지 않다. 고래는 새끼를 적게 낳고 육아에도 오랜 시간이 걸리기 때문이다. 그렇게 절멸이 눈앞에 다가오고 있었다.

최악의 순간 바로 직전인 1982년, 국제포경위원회는 상업적 포경을 전면적으로 금지했다. 모든 가입국이 일사불란하게 이 결정에 따른 것은 아니다. 미국과 캐나다 등은 원주민 전통 방식의 고래잡이를 인정해주는 차원에서 부족당 몇 마리씩 일정량을 허락하고 있다. 일본과 노르웨이, 아이슬란드 등은 아예 상업적 포경을 포기하지 않았다. 더군다나 일본은 최근 국제포경위원회를 탈퇴하고 본격적인 상업적 포경을 재개했다. 어쨌든 대부분 나라가 상업적 포경을 하지 않겠다는 약속을 지키기 시작하면서, 조금씩 고래 개체 수는 안정을 찾아가고 있다. 1960년대에 500마리에 불과했던 혹등고래도 이제 2만 마리가 넘게 늘어났다. 하지만 대왕고래나 향유고래 등은 아직도 개체 수 회복 속도가 더딘 상태다.

고래는 정말 지능이 높다. 혹등고래는 공감 능력도 뛰어나다. 잠수부들과 교감했다는 경험담이나 범고래로부터 물개를 지켜줬다는 목격담도 심심치 않게 흘러나온다. 인간은 혹등고래보다 공감 능력이 떨어지나 보다. 다른 종의 멸종에 둔감하다. 고래들이 기후변화 해결의 키를 가지고 있는 만큼, 제발 앞으로라도 고래 귀한 줄 알았으면 한다.

남극에 왜
기지를
짓는 것일까

지구에는 일곱 개의 대륙이 있다. 아시아, 유럽, 아프리카, 북미, 남미, 오스트레일리아 그리고 남극대륙. 이 가운데 남극대륙은 유일하게 원주민이 살지 않는다. 〈남극의 눈물〉을 촬영하기 위해 동남극대륙에 첫발을 디딘 순간, 절로 이유를 알게 되었다. 그곳은…… 너무 춥고, 너무 빈번하게 눈보라가 몰아친다.

북극은 여름철이면 눈이 녹으면서 초식동물의 먹이가 되는 각종 식물이 자란다. 당연히 동물도, 인간도 살 수 있다. 남극은…… 눈이 녹아도 바닥은 얼음이라 이끼 같은 선태류나 지의류만 자란다. 다른 동물이나 인간은 애초에 살아갈 수 없는 땅이다.

지금은 이 혹한의 땅 남극에도 인간이 산다. 남극조약에 가입한 약 30개 국가가 80여 개가 넘는 기지를 남극에서 운영하고 있기 때문이다. 남극에서 가장 큰 기지인 미국 맥머도 기지는 약 100개의 건물로 이뤄져 있으며 여름철에는 연구원 1000여 명이 생활한다. 수술이 가능한 병원도 있고 술집, 우체국, 은행, 방송국도 있다. 마치 소도시 같은 규모다.

현재, 여러 나라가 남극에 기지를 짓기 위해 혈안이 되어 있다. 미국은 다섯 개의 기지를 보유하고 있고, 남극에서 가장 가까운 아르헨티나는 무려 열세 개의 기지를 운영 중이다. 러시아는 일곱 개, 중국과 일본은 각각 네 개, 영국은 세 개, 프랑스는 두 개의 기지를 갖고 있다. 한국은 세종기지, 장보고기지에 이어 2030년까지 남극대륙의 내륙 쪽에 제3의 기지를 건설할 계획이다.

남극기지는 대부분 해안가에 있다. 내륙기지는 수송, 보급, 생존 등 여러 면에서 해안에 지은 기지보다 고난도의 기술과 위험을 감수해야 한다. 그만큼 국가적인 투자가 필요하다. 내륙에 기지가 있는 나라는 미국, 러시아, 중국, 일본, 프랑스(이탈리아와 합작)뿐이며, 한국은 계획대로라면 여섯 번째로 남극 내륙기지를 보유한 나라가 된다.

남극의 어디에 기지를 짓느냐는 국력을 상징한다. 남극점에는 미국의 아문센-스콧기지가 있다. 정확히 말하자면 남극점에서 100미터 떨어져 있다. 누가 봐도 가장 상징적인 곳에 미국의 기지가 있는 셈이다. 이게 부러웠던 러시아는 남극에서 가장 추운 곳인 보스토크 지역에 기지를 건설했다. 이곳은 지구상에서 가장 낮은 온도인 영하 89.2도를 기록하기도 했다. 중국은 뒤늦게 남극 진출에 뛰어들었지만, 늘 '최고'를 찾는 경향을 발휘해 동남극 빙상에서 가장 높은 지점인 돔 아르

구스에 기지를 지었다. 바로, 4000미터 해발에 위치한 쿤룬기
지다.

상대적으로 투자 여력이 약한 아르헨티나는 색다른 방법
을 동원했다. 출산이다. 아르헨티나 남극기지 대장의 부인은
만삭이 되자 본토에서 공군기를 타고 날아와 남극에서 아기
를 낳았고, 그들의 아이 에밀리오 마르코스 팔마는 남극에서
최초로 태어난 아기가 되었다. 아르헨티나의 에스페란사기지
에 파견된 군인들은 가족 모두를 데리고 와서 살아야 한다. 약
60명의 가족이 1년간 거주하는 에스페란사기지에는 학교, 병
원, 성당, 슈퍼도 있다. 그래서 아르헨티나인들은 에스페란사
기지라 부르지 않고, '에스페란사 마을'이라고 부른다.

에스페란사 마을로 온 군인들의 부인은 남극에서 보내는
1년을 어떻게 생각할까. 오기 싫었을까? 천만의 말씀. 경쟁률
이 수십 대 1이다. 일단 부인들의 월급이 남편보다 훨씬 많다.
위험한 남극에 함께 와주는 것에 대한 아르헨티나 정부의 배
려다. 부인들은 주로 학교에서 보조 교사로 일하거나, 라디오
디제이, 사서, 전화교환원의 임무를 맡는다. 돈도 돈이지만, 본
토에서는 남편들이 먼 곳으로 파견을 나가면 몇 달씩 혼자 있
어야 하는 데 반해, 에스페란사 마을에서는 가족들이 함께 있

을 수 있으니 지원 경쟁률이 어마어마하다. 사회 경험을 해보지 않은 엄마들에게는 새로운 자신을 발견하는 기회가 되기도 해서, 모두 활력이 넘친다.

〈남극의 눈물〉을 제작할 때, 에스페란사에서 한 달간 촬영을 했다. 마을에 도착한 다음 날이 마더스 데이Mother's Day였다. 남자들은 식당에서 음식을 준비하느라 정신이 없었다. 기지 대장에게 물어봤다.

"마더스 데이라 남자들이 요리를 준비하고 있군요?"

그는 씩 웃으며 이렇게 대답했다.

"아뇨, 늘 이렇습니다."

에스페란사 엄마들의 앞치마에는 이런 문구가 적혀 있었다. '우리는 남극에 있지만, 요리를 하지 않는답니다.' 이곳은 엄마들의 천국이었다. 아르헨티나는 군기지인 에스페란사를 마치 마을처럼 운영하면서 남극은 자기네 땅이라는 메시지를 전하고 있다.

이처럼 남극대륙은 겉으로는 평화로워 보이지만, 여러 나라의 첨예한 신경전이 존재하는 곳이다. 대체 왜 많은 나라가 남극에 이토록 지대한 관심을 가질까?

남극대륙의 크기는 약 1400만 제곱킬로미터로, 오스트레일리아대륙보다 넓으며 중국과 인도를 합한 넓이와 비슷하다. 이 거대한 대륙은 지구 유일의 주인 없는 땅이기도 하다. 1959년 체결된 남극조약 때문이다. 이 조약은 어떠한 항구적인 남극 영유권도 인정하지 않으며, 평화적 이용, 과학 조사와 교류의 허용, 군사 행동의 금지, 핵실험이나 방사능 유출을 금지하는 조항 등을 담고 있다. 따라서 남극에 있는 모든 기지는 과학 연구기지를 표방한다.

그렇다면 각 국가들은 정말로 순수하게 과학 연구를 위해 천문학적인 비용을 남극기지 건설에 투자하는 것일까? 전혀 그렇지 않다. 지구의 자원은 빠르게 소모되고 있으며, 마지막 남은 땅은 남극뿐이다.

남극은 자원의 보고다. 인류가 적어도 100년 동안 사용할 수 있는 천연자원이 묻힌 것으로 추정된다. 원유와 천연가스는 물론, 석탄과 철, 구리, 니켈, 금, 은 등도 풍부하다. 당연히 세계 각국이 남극의 지하자원에 눈독을 들일 수밖에 없다. 해양생태계도 엄청나서 수산업에서도 막대한 이익을 얻을 수 있다. 1998년에 발효된 남극환경보호의정서는 2048년까지 50년간 광물자원 개발을 금지했지만, 2049년 이후에 어떻게 할지는 아직 정해진 바가 없다.

남극조약에 따라 현재 어떤 나라도 남극에 대한 영유권을 주장할 수 없지만, 영국, 프랑스, 뉴질랜드, 노르웨이, 호주, 칠레 및 아르헨티나 등 일곱 개 나라는 남극에 자신들의 영토가 있다고 선언한 바 있다. 만일 미국과 러시아가 남극조약을 폐기하기로 마음먹는다면, 조약에 가입한 나라들은 즉시 남극 땅따먹기를 시작할 것이다.

그동안 남극은 추운 날씨와 두꺼운 얼음으로 인해 천연자원의 개발이 어려웠지만, 갈수록 심해지는 온난화 환경 속에서 채산성은 시시각각 올라가고 있다. 2023년 2월, 남극 해빙의 면적은 2014년에 비해 10분의 1로 줄었다. 그 말은, 남극 대륙으로의 접근이 쉬워졌다는 뜻이다. 프랑스 그르노블대학 연구진은 2022년 남극 동부 기온이 평균보다 무려 32~50도 높아졌다고 발표했다. 3월 평균기온이 영하 53도인, 지구에서 가장 추운 남극 보스토크 지역도 2022년 3월 18일에 기상관측이 시작된 이래 최고치인 영하 17도를 기록했다.

남극이 녹고 해빙이 사라지면서 남극의 펭귄과 해표들은 쉼터를 잃어가고 있다. 그 와중에 인간은 남극의 본격적인 개발을 준비하는 중이다. 얼음이 사라진 남극의 땅을 파헤치고 남극의 천연자원들을 다 가져다 쓰고 나면 인간은 더 풍요로워질까? 아니면 남극의 얼음처럼 인간도 사라지게 될까.

사 막 을
건 너 기

5

대륙 횡단과 로드킬

15년 전, 크리스마스이브였다. 혼자 한 달간 미국 횡단 중이었고, 텍사스의 한 국도를 달리고 있었다. 내비게이션도 없던 때라, 뉴욕부터 로스앤젤레스까지 지도를 일일이 확인하며 운전하는 여행이었다.

그날의 목적지는 텍사스 남부에 있는 빅벤드국립공원.

미국 국립공원 중 가장 방문객이 적은 오지지만, 면적이 제주도의 1.5배나 되어 엄청나게 광활하다. 미국과 멕시코의 국경을 이루는 치소스산맥이 병풍처럼 펼쳐져 있으며, 그 사이로 리오그란데강이 유유히 흐르는, 척박하지만 아름다운 곳이다.

주변에는 그 어떤 인적이나 인공물도 없어서, 해가 어둑해지자 불안하고 초조해졌다. 서둘러 국립공원 유일의 숙소였던 치소스호텔로 운전대를 돌렸다. 그때 갑자기……! 멧돼지 두 마리가 도로로 뛰쳐나왔다. 양옆이 아찔한 협곡이라 브레이크를 세게 밟을 수도 없었다. 아……, 둘 중 한 마리를 치고 말았다……. 덜컹거리는 충격이 고스란히 핸들로 전해졌다. 다급하게 안전한 곳을 찾아 차를 세우고 살펴봤지만, 멧돼지들은 온데간데없었다. 유일한 흔적은 차 앞 범퍼에 박힌 멧돼지 털이었다. 분명 크게 다쳤을 텐데……. 너무나 미안했다.

깜짝 놀란 데다 죄책감까지 더해져 무척이나 불편한 마음으로 호텔에 도착해서 로비에 들어선 순간, 아까 그 멧돼지 사진이 포함된 포스터 하나가 눈에 띄었다.

'나는 멧돼지가 아닙니다. 페커리입니다. 개체 수가 줄어들고 있어 보호해줘야 합니다.'

이런……. 마음이 한결 더 무거워졌다.

그 이후, 그들에게 사죄하는 마음으로 도로를 달릴 때면 더 조심하려고 애를 썼다. 야행성동물들이 많은 지역에서는 밤에 운전하는 것 자체를 최대한 자제하려고 했다. 그 일이 내게 처음이자 마지막 사고여야 한다고 생각했다. 사실, 도로를 운전하다 보면 수많은 로드킬 현장을 보게 된다. 호주를 여행했을 때도 그랬다.

호주 사막 한복판에는 세상에서 가장 커다란 바위라는 울루루가 있다. 여행자들에게는 죽기 전에 가봐야 할 버킷리스트 중 한 곳이다.

그곳에 가려면 호주 남부 최대 도시 애들레이드에서 시작하는 1600킬로미터의 아웃백 도로를 달려야 한다. 캠핑카를 몰고 사막으로 향하는 아웃백의 2차선 도로는 경이로웠다. 하지만 그만큼 마음이 아프기도 했다. 그 길에서 너무 많은 캥거루를 만났기 때문이다. 수백 마리의 캥거루들은 한결같이 죽어 있었다. 로드킬을 당한 채 말이다. 십수 년 전 차에 치여서 미라로 변한 녀석들도 있었고, 불과 며칠 전에 죽어서 형태가 온전한 녀석들도 있었다.

여름철이면 캥거루는 더운 낮에 움직이지 않고 밤에 돌아다닌다. 그러다가 도로를 달리는 자동차의 불빛을 보면 먹이로 착각하는지 차 앞으로 달려든다. 겨울철 밤이면 기온이 너무 떨어지는 까닭에 아직 태양의 온기가 남은 콘크리트 위에서 잠을 자다가, 이를 미처 발견하지 못한 차들에 치여 죽기도 한다.

호주에 가면 곳곳에서 쉽게 캥거루를 만날 수 있으리라 생각했다. 그런데 한 달간 호주를 여행하면서, 살아 있는 야생캥거루를 단 한 번도 만난 적이 없다.

아웃백은 수천 년 동안 캥거루들이 원주민 그리고 주변의 자연과 더불어 살아가던 삶의 터전이었다. 19세기, 소위 문명을 가진 인간들이 이곳에 들어오면서 도로가 생겼다. 개발을 위한, 관광을 위한 것이었다. 문명은 필연적으로 도로가 필요하다. 어느 날 갑자기 들어선 그 길은 캥거루들의 터전을 조각조각 가르기 시작했다. 이제 건너편으로 가기 위해서 캥거루들은 목숨을 걸어야 했고, 그들의 땅은 더는 안전한 곳이 아니었다. 시속 100킬로미터가 넘는 속도로 굉음을 울리며 도로를 달리는 거대한 차와 트럭들을 보며 캥거루들은 어떤 생각을 했을까? 처음에는 그저 조금 시끄러운 친구라고 여기지 않았을까? 그렇게 적응의 시간도 가지지 못한 채, 캥거루들은 갑작스럽게 나타난 무적의 천적들에게 속수무책 쓰러질 수밖에 없었다.

캥거루의 비극은 이게 끝이 아니다. 2019년 9월에 시작해 6개월 동안이나 호주대륙 생태계를 불바다로 만든 대형 산불은 10억 마리의 동물들을 사라지게 했고, 그중 캥거루가 차지하는 비중이 상당했다. 인간의 개발로, 그 개발 과정에서 인간이 초래한 기후변화로 캥거루들은 지속적인 비극을 당하고 있는 셈이다.

'지속 가능'이라는 그럴듯해 보이는 말의 시작은 '지속 가능한 개발'이었다. 1987년 국제연합 산하의 세계환경개발위원회에서 처음 사용되었고, 1992년에 리우에서 열린 환경개발회의에서 그 뜻을 재확인하고 세계 환경 정책의 규범으로 정했다. 정의는 이렇다. 미래 세대의 욕구를 충족시킬 능력을 손상하지 않으면서, 우리 세대의 욕구를 충족시키는 개발을 하자는 것. 그러니까 생태계를 지속해서 파괴해온 지금까지의 성장 위주 정책이 아닌, 환경 보전과 경제 성장을 동시에 달성할 수 있는 방향을 찾자는 내용이다.

그 후 30년이 흘렀다.

과연 우리의 지속 가능한 개발은 성공적이었을까?

안타깝지만 완전한 실패다. 지구는 더 빨리 뜨거워지고 있고 해수면 상승, 가뭄이나 홍수와 같은 이상기후는 전 세계를 덮치고 있다. 애초에 지속 가능한 개발이 가능한 것이기는 했을까?

'지속 가능'은 '생태계 보존'을, '개발'은 '경제 성장'을 의미한다. 서로 모순되는 개념일 수밖에 없다. 성장을 하기 위해서는 자원을 사용하고 생태계를 파괴해야 한다. 즉, 우리의 개발은 지속 가능하지 않다. 현란한 수사를 붙여 주변의 생명체와 우리 후손을 속이는 것에 불과하다.

인간의 안락한 삶을 위해 지구의 자원은 쉴 새 없이 파헤

쳐지고 있다. 지구가 정화하고 재생산할 수 있는 범위를 몇 배 벗어난 수준의 개발이 이미 진행되었다. 인구는 계속 증가하기 때문에 성장은 멈추지 않을 것이고, 생태계는 더 훼손될 수밖에 없다.

생태계를 보호하기 위해서는 성장의 속도와 방식이 변화해야 한다. 불편하지만 지구의 자원을 최대한 아껴 쓰고 나눠 쓰고 바꿔 쓰고 다시 써야 한다. 성장의 속도를 늦춰서 시간을 벌어야 한다. 그리고 제시간 안에 기후변화의 해법을 찾아야 한다.

베를린과 뉴욕에 이어 서울에도 기후 위기 시계라는 것이 등장했다. 기후 행동단체 클라이밋 클록월드climateclock.world가 제작하는 이 시계는 전 세계 이산화탄소 배출량을 기반으로, 지구의 평균온도가 산업혁명 이전보다 1.5도 상승하기까지 남은 시간을 표시한다. 1.5도는 지구가 감내할 수 있는 마지노선이기 때문이다.

코로나19 발생으로 공장이 멈추고 인간의 이동이 멈추면서 6년에서 7년으로 늘어났던 이 시계의 숫자는, 포스트 코로나로 인간의 활동이 재개되면서 다시 6년으로 바뀌었다.

시간이 얼마 남지 않았다.

울루루와
호주
원주민

일본 영화 〈세상의 중심에서 사랑을 외치다〉의 주인공이자, 백혈병에 걸린 여고생 아키는 죽기 전에 꼭 울루루에 가고 싶다고 한다. 2000년대 초에 오열하며 이 영화를 본 후, 언젠가 울루루에 가고자 마음먹었고 결국 20년이 지나 가보게 되었다.

울루루는 지구의 배꼽이라는 별칭처럼, 호주 한가운데에 존재하는 세상에서 가장 거대한 바위다. 바닥에서부터의 높이는 330미터, 둘레는 무려 8.8킬로미터에 이르는 이 바위는 대부분의 덩어리가 빙산처럼 땅속에 묻혀 있다고 하니, 일개 바위 하나가 산과 크기가 비슷한 셈이다. 멜버른에서 약 일주일간 캠핑카를 달려 사막을 지나자, 저 멀리 거대한 바위가 보이기 시작했다. 울루루가 내 눈앞에 있다니……. 사암질의 바위는 석양에 반사되어 활활 불타고 있었다. 너무나 감동적이고 아름다운 장면이었다.

사실, 울루루는 영화처럼 낭만과 사랑만 담고 있지는 않다. 그곳에는 오래된 역사와 아픔이 있다. 호주 원주민 애버리지니의 성지인 울루루는 그들의 언어로 세상의 영혼이 와서 쉬는 '그늘이 지는 장소'를 의미한다.

1770년에 영국의 제임스 쿡 선장이 호주를 발견하기 전까지 이곳은 원주민들의 땅이었다. 약 5만 년 전에 호주에 도착해 정착한 원주민들은 자신의 문자를 갖지는 못했으나, 고유의 문화를 만들고 자연과 동화되어 살아갔다. 하지만 영국이 호주를 식민지로 개척하면서, 툭 튀어나온 이마와 낮은 코 때문에 오랑우탄 취급을 받은 원주민들은 짐승이 사냥당하듯 살해당했다. 때로는 유럽에서 전해진 전염병으로 목숨을 잃기도 했다. 결국, 불과 몇십 년 만에 호주 원주민의 수는 50만 명에서 5만 명으로, 90퍼센트나 감소했다.

더불어 20세기에는 호주 정부와 교회마저 원주민의 정체성을 빼앗기 위한 잔인한 정책을 펼쳤다. 많은 원주민 아이가 강제로 입양되거나 수용소로 끌려갔다. 부모들은 아이들이 살았는지 죽었는지, 살았다면 어디에 있는지조차 알 수 없었다. 그 모든 행위는 '원주민 개화'로 정당화되었다.

원주민들은 1960년대가 되어서야 호주에서 사회 구성원으로 인정받아 시민권을 얻게 되었고, 투표권은 1984년에야 비로소 획득했다. 그런데도 여전히 호주 내 다른 종족에 비해 소득은 3분의 1에 불과하고, 훨씬 열악한 환경과 교육 조건 속에서 생활한다.

시드니, 멜버른, 브리즈번과 같은 해안 대도시에서는 찾아

보기 힘들었던 원주민들이 앨리스스프링스와 같은 사막 도시에서는 쉽게 눈에 띄었다. 백인 침략자들을 피해 점점 사막 내륙으로 이동했기 때문이다. 마음 아픈 사실 중 하나는 이들 지역의 범죄율이 다른 곳에 비해 세 배가 넘는다는 점이다. 호주에서 처음으로 만난 원주민은 나를 보자마자 돈을 구걸한 앳된 소년이었다.

침략자들과 호주 정부, 교회가 말한 것처럼 호주 원주민들은 '개화'된 것일까? 사실상 유럽 이주민들은 그들이 멸종되길 원한 것이 아닐까?

호주 본토에서 240킬로미터 떨어진 태즈메이니아(한국으로 따지면 제주도 같은 곳이나, 면적은 대한민국의 절반 정도로 크다)에 살던 태즈메이니아 애버리지니는 1876년에 영원히 사라졌다. 유럽 이주민들이 이곳에 들어온 지 불과 70년 만이었다. 지구에서 가장 큰 육식 유대류(캥거루처럼 새끼를 주머니에서 키우는 포유류)였던 태즈메이니아늑대도 그들과 함께 멸종되었다. 이주민들의 농사에 방해된다는 이유로 단돈 1파운드 현상금에 태즈메이니아늑대는 지구상에서 자취를 감추었고, 같은 이유로 태즈메이니아데블도 멸종 위기에 처했다.

함께 공존하는 것이 불편하다는 이유로, 나와 다르니 열등하고 미개한 존재임이 틀림없다는 착각으로 다른 생명을 없애버리는 것은 그 어떤 말로도 정당화될 수가 없다. 인간의 이기에 의해 지구의 생명이 하나둘 사라지면, 생태계의 전반적인 균형이 깨진다는 것은 너무나 자명한 이치다. 정말 열등하고 미개한 것이 누군지 생각해봐야 할 일이다.

애버리지니 시인인 우저루 누너컬의 〈나의 민족My People〉이라는 시에는 다음과 같은 구절이 나온다.

배가 부르면 더 이상 사냥하지 않았다
노을 비낀 붉은 땅에 빙 둘러앉아 어린아이들에게
조상들이 전해준 이야기를 들려주었다
하늘은 우리들의 아버지이고 땅은 어머니 되시니,
우리는 그들의 축복으로 영원히 배가 고프지 않을 것이
며······•

● 《대단한 지구여행》(윤경철, 푸른길)에서 인용

유럽 이주민들은, 백인은 그리고 이제 우리는 배가 불러도 사냥을 한다. 자연을 사랑했던 호주 원주민들은 사라지고, 그 자리에는 배가 불러도 부른 줄 모르는 우리가 남았다.

지금, 세계자연보전연맹에서는 적색 목록Red List을 만들어 멸종 위기 동식물을 관리하고 있다. 이 목록에 들어가려면 과학적인 평가에 따라 엄격한 기준을 통과해야 한다. 벌써 이 기준을 통과해 적색 목록에 포함된 종은 약 6000종에 달한다. 물론 그중에는 아직 정보가 부족해 포함되지 못한 종도 상당수 존재할 것이다.

이것이 시사하는 바는 머지않아 이토록 많은 생명체가 지구상에서 사라지고, 그들과 연계된 환경도 무너질 수 있다는 것이다. 인간 역시 언젠가 적색 목록에 포함될지도 모른다.

부디 사라진 생명들이 울루루에서 평안하게 잠들길 기원한다.

블루마운틴은
더는
파랗지 않았다

한 달간의 호주 여행 계획을 세우면서 블루마운틴을 꼭 가봐야할 리스트에 담았다. 시드니에서 약 60킬로미터 떨어진 블루마운틴은 멀리서 보면 이곳이 산인지 바다인지 알 수 없을 만큼 정말 파랗게 보인다고 들었다. 유칼립투스로 뒤덮인 원시림이 선사하는 풍경이다. 유칼립투스의 잎에서 증발하는 유액은 햇빛과 만나면 푸른빛을 반사한다.

그런데 직접 가서 본 블루마운틴은 더 이상 '블루'와는 관계가 없어 보였다. 오히려 회색에 가깝달까?

블루마운틴의 관문인 카툼바에 도착했을 때, 이미 불길한 전조가 보이기 시작했다. 앞이 잘 보이지도 않았고 메케한 냄새로 숨을 쉬기도 쉽지 않았다. 경찰들의 통제와 더불어 조만간 블루마운틴이 폐쇄될 것이라는 이야기가 들려왔다.

산불이 난 것이다. 그것도 인류가 별로 경험해본 적이 없는 엄청난 대형 산불이…….

호주에서 산불이 났다는 뉴스는 일찍이 접해 알고 있었다. 자연적으로 발생한 산불은 아무리 길어도 몇 주 정도 지나면 저절로 꺼지는 것이 자연의 순리인지라, 큰 신경을 쓰지 않았다. 언론도 마찬가지였다. 그러나 2019년에 발생한 호주 산불은 그렇지 않았다. 몇 주가 지나면서 꺼지기는커녕 인간이 도저히 손도 댈 수 없을 만큼 거대한 화재로 발전했고, 무려 6개월간 호주 전역을 불지옥으로 만들었다.

에코포인트에 도착했다. 블루마운틴의 절경과 기이한 암석인 세자매봉이 가장 잘 보인다는 명소였지만, 산불로 인한 연기 때문에 절경은 고사하고 코앞에 있는 세자매봉의 윤곽도 잘 보이지 않았다. 주변의 관광객들도 매운 연기 때문에 연신 기침하며 눈물을 흘렸다.

유칼립투스의 나뭇잎을 먹고 사는 코알라는 괜찮았을까? 안타깝게도 전혀 괜찮지 않았다. 수많은 코알라가, 수많은 캥거루가 불타 숨졌다. 또한, 대략 남한 면적만 한 숲이 불탔다. 목숨을 빼앗긴 동물의 개체 수는 무려 10억 마리에 이를 수 있다는 조사 결과가 발표되기도 했다.

호주뿐 아니다. 최근, 캘리포니아 등 세계 각지에서 대형 산불이 동시다발적으로 일어나며 서식지의 동물들은 물론, 인간의 생존까지 위협하고 있다.

과학자들은 그 주범으로 기후변화를 주목한다. 온난화의 영향으로 산의 눈이 일찍 녹기 시작하고, 숲은 예년보다 훨씬 메말라간다. 병충해는 훨씬 더 심해지고, 나무는 고사해 바짝 마른 불쏘시개가 된다. 갈수록 건조해지는 날씨는 이를 더 부채질한다. 과거와 달리 산불은 엄청난 대형 화재로 변하고, 이는 몇 달간 지속되며 엄청난 양의 이산화탄소를 만들어낸다. 이번 호주 화재에서 배출된 약 4억 톤의 이산화탄소는 지난 1년간 지구에서 배출된 이산화탄소의 1퍼센트에 해당하는 엄청난 양이다. 이렇게 배출된 이산화탄소는 온난화를 더욱 가속시키는 악순환을 만들어낸다.

울진, 삼척에서 연이어 일어나는 대형 화재를 보며, 이제 한국 역시 안전하지 않다는 것을 느껴 마음이 좋지 않았다.

호주를 여행하는 동안, 뉴스는 온통 인간들의 피난 행렬을 보도했다. 그 장면만큼이나 가슴 아팠던 것은 온몸이 불에 그을린 채 인간에게 다가와 물을 얻어먹는 코알라의 모습이었다.

인간은 대형 화재 발생에 대한 책임이 있고 그 이유를 알고 있다. 하지만 유칼립투스 원시림에서 살아가는 코알라는 영문도 모른 채 이 비극을 감당해야 한다. 2020년 호주에서 발생한 대형 산불에 코알라마저 멸종 위기종으로 지정되었다는 소식이 들린다. 코알라는 아무런 죄가 없다.

기후변화를 막는
마지막 보루,
숲

혹시 깊은 숲속을 혼자 걸어본 적이 있는가?

숲에서 쉬는 숨과 도시에서 쉬는 숨은 다르다. 숲에서 쉬는 숨은 가슴 저 깊은 곳까지 스며든다.

숲에는 나무를 포함한 수많은 식물과 동물, 곤충 그리고 엄청난 양의 미생물을 포함해 육상 생물의 80퍼센트가 산다. 1제곱킬로미터라는 작은 면적에도 1000여 종의 생물이 살 수 있다고 하니, 숲이 가진 생명력이란 정말 놀랍다. 그뿐만 아니라, 숲은 기후를 안정시키는 데에도 중요하다. 나무와 같은 식물은 물론 낙엽과 토양, 습지까지, 다양한 숲의 구성원들은 대기 중의 탄소를 저장해 지구온난화를 막는 데 결정적인 역할을 한다.

이런 숲이 점점 사라지고, 세상이 사막으로 바뀌고 있다. 아프리카도 중국도 몽골도 국토의 많은 부분이 사막으로 바뀌었다. 아프리카는 사막의 땅이 아니다. 인류가 발생한 지역인 그곳은 원래 숲이 가득한 곳이었다. 개발을 위해, 농장과 목장을 만들기 위해 숲을 개간하면서 아프리카의 땅은 점차 사막이 되었다.

지금도 전 세계에서 해마다 600만 헥타르, 서울을 100개쯤 합친 것과 같은 면적의 땅이 사막으로 바뀌는 중이다. 그

탓에 중국과 몽골에서는 봄마다 황사 바람이 불어오고, 그때마다 우리는 큰 고생을 한다.

2014년, MBC 〈기후의 반란〉을 제작하면서 목격한 캘리포니아는 충격적이었다. 가물어서 풀 한 포기 나지 않는 목장은 마치 화성과도 같아 보였다. 미국에는 이제 물을 함부로 쓰지 못하게 단속하는 경찰인 워터 캅water cop이 존재한다. 자기 집 정원에 물을 주는 것도 요일이 정해져 있어서 이를 어기면 범칙금을 내야 한다.

2022년, 유럽 곳곳의 강은 말라갔다. 센강도 라인강도 바닥을 드러내면서 배의 운항마저 멈췄다.

인간만 목이 마른 것이 아니다. 코끼리도 곰도 목이 마른다. 물을 마시러 인간이 사는 마을에 들어오지만, 동물들이 인간을 상대로 우물과 수도를 차지할 수는 없다. 미래를 다룬 SF 영화들을 보면 한결같이 배경은 사막이다. 어떤 생명체도 살아가기 힘든 사막은 종말을 의미하기 때문이다.

숲이 사라지면 사막만 생기는 것이 아니다. 야생동물과 인간의 경계를 만드는 숲이 없어지는 순간, 아직 알려지지 않은 바이러스, 세균, 곰팡이, 기생충 등이 인간 사회로 활동 영역을 옮길 수도 있다. 우리는 종종 인간과 동물의 질병을 분리해 생각하지만, 현재 알려진 모든 감염병 중 약 60퍼센트가 인수공통이다. 학자들은 어딘가에 숨어 있는 인수공통감염병이 더 있을 것이라고 말한다. 미지의 질병들은 생태학적으로 변화가 생기면 하나둘씩 우리 앞에 나타난다. 이제 그 이름이 익숙해진 에볼라, 에이즈, 조류독감, 사스, 돼지독감 등은 동물을 숙주로 해서 인간에게 퍼졌다. 이번 팬데믹의 원인 역시 환경적 요인에 있다고 보는 연구 결과들도 있다.

미식을 탐하는 인간의 욕구 역시 바이러스들에게는 기회다. 희귀한 동물들을 탐하며 인간이 숲을 파헤칠 때, 야생동물이 가지고 있던 인수공통 질병은 인간에게 옮겨 온다.

숲을 파괴하는 행위는 결국, 우리가 더 다양한 종류의 질병에 노출되는 가능성을 높이는 일이기도 하다.

〈곰〉을 제작하면서 가장 전하고 싶었던 것은 숲의 존재 이유였다. 숲의 왕인 곰을 보호하기 위해서라도 숲을 더 이상 파괴해서는 안 된다는 말이 하고 싶었다. 곰을 지키는 일은 숲을 지키는 일이고, 세상이 사막이 되지 않게 하는 것임을 알아주기를 바랐다.

사실, 지금 우리가 해야 할 일은 숲을 지키는 것을 넘어 숲을 늘리는 것이다. 과학 잡지 《사이언스Science》에 따르면 기후 변화에 대한 가장 효과적인 해결책은 숲 복원이다. 숲이 회복되어야 인간 활동으로 배출된 탄소의 3분의 2를 거두어들일 수 있다. 단, 미국 영토 크기(9억 8000만 헥타르)만 한 숲이라는 단서가 붙어 있기는 하다. 만약, 정말 만약, 지구촌이 함께 협력해 이 일을 해낸다면, 산업혁명 이래 인간의 활동으로 배출된 3000억 톤의 탄소 중 2050억 톤을 숲에 저장해 기후 위기에서 벗어날 수 있을 것이다.

현재 지구상에는 55억 헥타르의 숲이 있다. 이 중 울창하지 않은 숲에 나무를 심고, 인간 활동이 적은 지역을 숲으로 만든다면 불가능한 일만은 아니다. 지구상에 그런 공간은 존재한다. 러시아의 1억 5100만 헥타르, 미국의 1억 300만 헥타르, 캐나다의 7800만 헥타르, 호주의 5800만 헥타르, 브라질의 5000만 헥타르, 중국의 4000만 헥타르 정도는 숲으로 조성할 수 있다고 《사이언스》는 주장했다. 물론, 그 나라들뿐만 아니라 세계 모든 나라와 그 안에 사는 모두가 작은 면적이라도 더 많은 숲을 가꾸기 위해 노력해야만 한다.

기후변화를 막는 최후의 보루는 숲이다.

지금은 숲을 파괴할 때가 아니라 숲을 늘릴 때다.

미아가

된

원주민

6

툰드라의
법칙

《닥터 지바고》의 무대이자 불곰의 땅인 시베리아로 〈곰〉 촬영
을 떠났다. 시베리아는 우랄산맥 동쪽에서부터 태평양 연안에
이르는 지역 중 북극해와 인접한 툰드라 지역이다. 흔히 시베
리아라고 하면 엄청 추운 날씨를 떠올리겠지만, 시베리아 남부
는 기후가 온화해서 인구가 밀집되어 있다. 추운 곳은 북부 시
베리아다. 그곳은 삼림한계선(삼림대와 고산대의 경계선)보다 북쪽
이라 여름에만 이끼와 낮은 나무가 자랄 뿐, 영하 40도에 이르
는 겨울은 남극만큼 극한의 오지다. 이 지역에는 주로 유목민
이 산다. 우리는 곰과 함께 살아가는 네네츠족을 카메라에 담
기 위해 그곳을 찾았다.

　네네츠족은 순록과 함께 이목移牧을 한다. 순록에게 먹일
이끼를 찾아서 여름에는 시베리아 위쪽에 있다가 겨울이 오면
남쪽으로 이동하는데, 계속 옮겨 다니다 보니 섭외도 쉽지 않
다. 우리는 운 좋게 네네츠자치구의 작은 도시 인근에 있던 부
족민 일리야와 선이 닿아서, 그들의 춤(나무로 원뿔 형태의 구조물
을 만든 후 그 위에 순록 가죽을 덮은 네네츠족 전통 집)으로 초대받았다.
　일단, 야말로네네츠자치구에 있는 노비우렌고이공항에
도착해서 차로 이동할 수 있는 곳까지 달렸다. 이제는 스노모

빌로 갈아타야 한다. 정확히 말하면 스노모빌 뒤에 달린 양철 깡통 썰매였다. 3월이지만 날씨는 영하 30도였다. 얼마 전까지는 영하 40도를 밑돌았다고 한다. 날씨가 제법 포근해진 거라고…… . 역시 시베리아였다. 눈과 얼음으로 이뤄진 툰드라 길을 100킬로미터 정도 달리기 위해, 촬영팀 다섯 명은 썰매에 몸을 구겨 넣었다. 지옥 길의 시작이었다. 양철 썰매는 충격 완화 기능이 전혀 없어서 얼음 바닥의 충격을 고스란히 온몸으로 받아내야 했다. 허리가 끊어질 듯 아팠다. 하필 눈보라가 심한 날이라 눈을 뜰 수조차 없었다. 어서 이 고통이 끝나기만을 기다렸다.

드디어 썰매가 멈췄다. 도착했나 싶었는데 그게 아니었다. 스노모빌이 눈에 빠져 갈 수가 없단다…… . 다들 내려서 썰매를 밀기 시작했다. 썰매를 타다가 썰매를 밀다가…… 우리가 썰매견도 아니고 이 무슨 시베리아허스키 같은 짓인지.

또다시 스노모빌이 멈췄다. 이번에는…… 러시아인과 네네츠족 운전사들이 모여 심각한 얼굴로 대화를 시작했다. 내 경험상, 이런 장면은 불길한 징조다. 역시…… 길을 잃었단다. 그들은 깡통 썰매 위에 우리를 놔두고 길을 찾으러 떠났다. 아…… 다시 오기는 하겠지? 설마, 우리를 두고 갔다는 것까지 잊어버리지는 않겠지? 추위에 죽음의 공포마저 둔감해졌을 때, 떠난 이들이 돌아왔고 다시 고통의 시간이 찾아왔다. 또 한참을 달린 끝에, 저 멀리 춤이 보이기 시작했다. 마중을 나온 일리야는 마치 오래된 친구처럼 우리를 얼싸안고 반가워했다.

툰드라의 법칙이라는 것이 있다. 찾아오는 어떤 사람도 손님으로 맞이하고 재워주는 대신, 손님은 대접받은 만큼 일손을 거든다. 손님이 오면 그들은 따뜻한 차를 내주고 주식인 순록고기와 피를 나눠준다. 그걸 받은 손님은 땔감을 해 오든 장작을 패든 해야 한다. 촬영팀이라고 예외는 아니었다. 나는 조심스럽게 우리가 드린 출연료에 밥값이나 숙박비가 포함되지 않았는지 물었지만, 일리야는 말없이 도끼를 건넸다. 꽁꽁 언 자작나무를 도끼로 자르는 것은 그리 만만한 일이 아니었다. 그래도 툰드라의 법칙에 따라 촬영을 안 할 때면 다 같이 장작을 팼다. 나중에 알았다. 전기톱이 있었다. 어느 날, 일리야의 둘째 아들이 전기톱으로 장작을 자르는 모습을 보고 배신감마저 들었다. 하지만 기름을 아껴야 하니까…… 우리는 계속 도끼질을 했다.

툰드라의 법칙은 단순했다. 일방적인 희생은 없다. 받으면 받은 만큼 돌려준다. 그들과 지내면서 이 툰드라의 법칙이 단지 시베리아뿐 아니라 지구와 우리에게도 적용되는 규칙이라는 생각이 들었다.

지구가 인간에게 자원을 내주는 데는 한계가 있다. 에너지, 물, 식량, 광물, 약 등 지금 인간이 생산하고 소비하는, 삶에 필요한 모든 것들은 다른 외계 행성이 아니라 지구에서 나온다. 1970년대까지는 지구에게 인간의 필요를 다 맞춰줄 능력이 있었다. 하지만 이제는 인간의 요구를 맞추려면 거의 지구 두 개가 필요하다. 지구는 지금 한계에 부딪혔다. 인간이 돌려주는 것 없이, 너무나 많은 것을 가져다 쓰기 때문이다.

부끄러운'사실이지만 대한민국은 이미 해외에서 기후 악당으로 평가받고 있다. 영국《더 타임스The Times》의 발표에 의하면 우리나라의 이산화탄소 배출량은 전 세계 9위로 최상위권이다. 가장 많은 이산화탄소를 배출하는 나라는 중국이지만, 1인당 배출량으로 산출하면 우리나라가 6위를 차지하며 18위의 중국을 훌쩍 앞선다. 이산화탄소 총 배출량은 국가의 인구수에 따라 좌우될 수밖에 없지만, 1인당 배출량은 각국 사람들의 에너지 소비 행태를 보여주는 지표가 된다.

이제 책임 의식을 가져야 한다. 개인이 이산화탄소 발생을 줄이기 위해 할 수 있는 노력이 무엇인지는 이미 우리가 다 알고 있다. 콘센트를 뽑는다든지 불을 잘 끈다든지 하는 전기 절약, 대중교통 이용, 나무 심기, 분리수거 하기 등. 그 외에도 공인된 환경 인증마크를 획득한 제품을 쓰고, 친환경적인 기업에 관심을 갖는 것도 필요하다. 모든 것이 번거롭고 불편하다. 하지만 감수해야 한다. 지구가 앞으로도 계속 우리에게 대가 없이 베풀기만 하지는 않을 것이기 때문이다.

지구와 우리 사이에도 툰드라의 법칙이 존재한다.

시베리아
미니멀리즘

네네츠족이 사는 춤 안은 생각보다 따뜻했다. 유목민인 네네츠족들은 언제든 쉽게 이동하기 위해 춤에서 산다. 중앙에는 땔감 난로가 있었고, 바닥에는 나무판자와 소나무 가지들이 깔려 있었는데, 그 위로 순록 가죽과 이불을 덮었다. 우리를 초대한 일리야는 부인 예카테리나와 두 아들 그리고 세 살짜리 막내딸 야나와 함께 살고 있었다. 태어난 지 서너 달 된 네네츠라이카 강아지 한 마리도 있었다. 밖에서 볼 때는 작게 보였지만, 막상 안에 들어가니 열 평은 족히 될 법한 크기였다. 그들은 우리 촬영팀 다섯 명에게도 춤의 한구석을 내주었다.

다음 날, 일리야가 순록 한 마리를 잡았다. 네네츠인들이 순록을 잡을 때는 몇 가지 원칙이 있다. 죽이기 전에는 반드시 순록에게 예를 갖추고 간단한 의식을 치른다. 목을 꺾어 고통 없이 단번에 죽인다. 가죽을 발라낼 때는 피 한 방울 나지 않게 한다. 순록은 네네츠족 삶의 바탕이다. 고기와 피는 음식으로, 가죽은 옷을 만들 때 사용된다. 순록 가죽으로 만든 옷을 말리차라고 부르는데 도시에서 파는 파카와는 비교가 안 되게 따뜻하다. 순록 가죽은 춤을 만들 때도 사용된다. 약 30장의 순록 가죽을 이어 붙여 천막을 감싸면, 영하 40~50도의 툰드라 눈보라가 집 안에 들이치지 못한다.

세 살의 야나는 익히지 않은 순록고기를 김이 모락모락 나는 순록 피에 찍어서 맛있게 먹었다. 일리야가 우리에게도 순록고기를 권했다. 감사하다고는 했지만, 아무래도 날고기는 께름칙해 조심스레 난로 위에 올려놓았다. 그것을 일리야가 눈치채고는 단호하게 말했다.

"구우면 맛이 없어."

아…… 고기는 구워야 제맛인데. 일리야는 친절하게도 고기를 순록 피에 찍어서 건네줬다. 마치 간을 하지 않은 육회를 코피 흘리며 먹는 듯한 맛이었다.

순록에게 먹일 이끼를 찾아 새로운 곳으로 이목을 하는 날이 왔다. 사람이 사는 데 그리 많은 것이 필요하지는 않다는 사실을 눈으로 재확인한 순간이었다. 네네츠족의 삶은 미니멀리즘, 그 자체였다. 30여 개의 얇은 나무 기둥, 순록 가죽으로 만든 천막, 난로, 나무판자 몇 개, 주전자와 냄비, 컵 몇 개, 옷 몇 벌 그리고 총과 도끼 등이 전부였다. 세 채의 춤이 불과 두 시간 만에 해체되어 순록 썰매에 실렸다. 남은 것은 아무것도 없었고, 환경은 전혀 훼손되지 않았다. 네네츠족은 그렇게 흔적을 남기지 않고 머문 곳을 정리한 뒤, 이동을 시작했다.

네네츠족이 순록을 이끌고 이동할 것이라는 우리의 예상은 빗나갔다. 그들은 순록을 따라갔다. 이들에게 자연은 따라야 할 대상이었다.

"우리는 곰을 죽이지 않습니다. 곰은 툰드라의 주인이니까요."

네네츠의 사냥꾼이 들려준 말도 감동적이었다.

그들은 불필요한 살생을 하지 않았고, 자연의 순리를 거스르지도 않았다. 가지고 움직일 수 있는 것 이상으로 물건에 욕심을 내지도 않았다. 우리를 위해 기꺼이 춤의 한 귀퉁이를 내어주고 음식을 권하는 모습에서 공존에 대한 그들의 생각을 읽을 수 있었다.

지금, 혹한의 땅에서도 만족하며 잘 살아온 네네츠인들의 삶이 툰드라와 함께 녹아내리고 있다. 영구동토층(지층 온도가 연중 0도 이하로 항상 얼어 있는 땅)으로 뒤덮여 있는 극지방의 툰드라가 지구온난화와 난개발 때문에 빠른 속도로 망가지고 있다. 평균기온의 상승으로 영구동토가 녹기 시작했고, 이로 인해 땅 아래 갇혀 있던 메탄가스가 폭발하면서 크고 작은 싱크

홀이 생겨났다. 이 메탄가스는 이산화탄소보다 수십 배 강력하게 지구온난화를 가속화한다. 이제 이곳에는 눈 대신 비가 내리고, 이 비가 얼어버리면서 이끼들이 얼음 속에 갇히는 바람에 수천, 수만 마리의 순록 떼가 굶어 죽고 있다.

네네츠인들의 땅이 녹기 시작하자 사람들은 이때를 기회 삼아 북극 개발에 박차를 가하고 있다. 야말로네네츠자치구는 미국 텍사스주보다 넓은 지역으로, 석유와 천연가스의 보고다. 이 지역에는 약 30곳의 가스전(상업적으로 가치가 있는 천연가스층이 하나 이상 존재하는 땅속 공간)이 있다. 러시아 국영 정유 기업인 가스프롬Gazprom에 따르면, 약 26조 8000세제곱미터의 가스가 툰드라에 매장되어 있는 것으로 추정된다. 지금은 러시아와 우크라이나 전쟁으로 잠시 소강상태지만, 프랑스와 중국도 달라붙어 이곳의 유전을 개발 중이다.

가뜩이나 온난화로 고통받고 있는 유목민들의 삶은 에너지 개발이 가속화되면서 절벽으로 내몰리고 있다. 한때 순록 떼가 오가던 목초지를 이제 액화천연가스 공장들의 거대한 파이프들이 가로지르며 이목을 어렵게 만든다. 해가 지면 어둠과 적막에 잠겼던 곳은 유조선과 쇄빙선이 내는 빛과 소음으로 밤에도 밝다.

독일 알프레트베게너극지해양연구소에 따르면, 2100년까지 탄소 배출량을 0으로 줄인다고 해도 지금의 툰드라는 70퍼센트 이상 사라질 것이다. 그때가 오면 순록도, 네네츠족도 사라지겠지…….

어렵겠지만, 부디 일리야의 가족이 건강하고 무탈하게 살아가기를 바란다. 네네츠라이카 강아지도…….

공존의
꿈

7

52번 반달곰,
올무곰
이야기

〈곰〉을 촬영하던 중, 종복원기술원에서 다급하게 연락이 왔다.

"주민 신고가 들어왔는데, 마을 인근 숲에서 곰 울음소리 가 계속 난다고 합니다."

아마존에 가서 피라루쿠와 돌고래도 만났고, 남극에서 황 제펭귄과 1년을 함께 보내기도 했다. 온갖 곤충도 촬영해봤 다. 그 이후, 환경에 대한 메시지를 어떻게 시청자들에게 전할 까 고민한 끝에 곰을 주인공으로 결정했다.

북극곰은 온난화의 아이콘이다. 작은 빙산 위에 위태하게 올라타 있는 북극곰의 모습은 기후변화의 안타까움을 무엇보 다 잘 보여준다. 온난화는 극지방에 가장 큰 영향을 미치고 북 극곰은 그 고통을 온몸으로 느끼고 있다. 한때 동물의 왕으로 군림했지만, 지난 몇십 년간 북극곰을 포함한 많은 곰은 빠르 게 진행되는 기후변화와 개발 속에서 서식지를 잃어가고 있 었다. 한편으로는 인간의 노력으로 지리산에 반달곰이 돌아 오고, 쓰촨의 판다도 개체 수를 조금씩 회복하고 있었다. 환경 과 공존이라는 콘셉트에 곰이 가장 잘 어울린다고 판단했다.

문제는 곰이 촬영하기 어렵다는 사실이었다. 이번 다큐멘터리에서는 인간에게 가장 익숙한 북극곰, 불곰, 반달곰, 판다 네 종에 집중했다. 그중 촬영이 가장 힘들었던 곰은 예상외로 반달곰이었다. 나머지 곰들은 지역의 레인저들을 따라다니면 어렵지 않게 만날 수 있었는데, 반달곰은 워낙 경계심이 많고 민첩한 데다 깊숙한 숲 안쪽에 살아서 얼굴 한번 보기가 쉽지 않았다. 그래서 지리산 반달곰을 촬영하려면, 국립공원공단 의 협조 아래 등산로가 아닌 진짜 야생의 가파른 산을 타야 했 다. 그것도 촬영 장비와 먹을 식량, 물을 가지고…… 그렇게 우리는 곰의 길을 따라다녔다.

이런저런 이유로 반달곰 촬영만큼은 후배 피디들에게 주 로 시켰다. 너희가 가라, 지리산…… 그래도 한국에 있을 때 는 반달곰 촬영에 동행했다. 그날도 종복원기술원의 대원들 을 따라 사고가 발생한 함양으로 달려갔다. 현장에는 허리와 오른쪽 앞발이 올무에 걸린 곰 한 마리가 울부짖고 있었다. 앞 발은 보기에도 심각했다. 올무가 파고들어 뼈가 보였고, 상처 에는 구더기마저 들끓고 있었다.

올무는 당기면 당길수록 더 강하게 조인다. 곰은 이 끔찍 한 상황에서 벗어나기 위해 며칠 동안이나 온 힘을 다해 발버 둥을 쳤을 것이다. 곰이 엄청난 힘으로 올무를 당기다 보니,

강철로 된 올무는 더 세게 곰을 옥죄며 살을 찢고 뼈를 부러뜨렸다.

종복원기술원 대원들이 힘겹게 곰을 들것에 실어 산에서 내려왔다. 구례 본부에 들어와 신원 파악을 해보니 52번 암곰이었다. 2013년 한국에서 태어난 녀석이다. 결국, 종복원의료센터 의료진들은 곰의 오른쪽 앞발을 절단했다. 워낙 심하게 썩어 들어간 상태라 되살릴 방법이 없었다.

마취에서 깨어난 녀석이 잘린 팔을 허우적거리던 모습은 지금도 잊히지 않는다. 해마다 지리산에서는 약 3000개의 올무가 수거된다. 지리산의 수많은 생명이 인간이 놓은 올무들에 걸려 비극적으로 사라지고 있다.

올무곰은 밤새 몸을 뒤척이며 끙끙 앓았다.

며칠 후, 구례 자연 적응장에 올무곰을 풀었다. 전문가들은 그 곰이 이제 더 이상 지리산에서 야생으로 살아가기 어려울 거라 했다. 그렇다면 앞으로 20년 가까이 좁은 우리 안에서 사는 수밖에 없는 노릇이었다. 안타까웠지만, 지켜보는 것 외에는 할 수 있는 게 없었다.

그 후 일주일간, 올무곰은 세 다리로 걷는 방법을 익혀야

했다. 생에 대한 본능은 어떤 생명이든 마찬가지다. 절룩거리기는 하지만 조금씩 능숙하게 걷기 시작하던 그 순간……!!!

갑자기 올무곰이 나무를 타기 시작했다. 오른쪽 앞발이 없는데도, 전문가들이 나무를 못 탈 것이라고 했는데도 말이다. 올무곰은 나무 꼭대기까지 성큼성큼 힘차게 올라갔다. 그러고는 가지에 걸터앉아 자신이 살아온 고향 쪽을 오랜 시간 바라보았다.

이 올무곰을 어떻게 해야 할지에 대해 전문가들의 의견은 분분했다. 최종적인 결정은 지리산 재방사였다. 나무를 탈 수만 있다면 열매와 나뭇잎 등 식량을 구할 수도 있을 것이고, 수곰을 피해 도망칠 수도 있을 터였다. 평생을 철창에서 사는 것보다 다시 야생에서 살아가는 게 올무곰이 더 행복해질 수 있는 길이라 판단했다.

가을이 오기 전, 전문가들은 올무곰 귀에 GPS 장치를 달고 민간인이 들어올 수 없는 지리산 안쪽 자연 적응장의 문을 열어주었다. 올무곰은 그때만을 기다렸다는 듯 뛰쳐나갔다. 그러고는 몇 번 코를 벌름거리더니, 깊은 지리산 계곡을 따라 금세 사라졌다.

나는 어쩔 수 없이 후배 피디들을 올무곰과 함께 지리산에 방사했다. 잘 따라가라고…… 놓치면 안 좋은 일이 생길 거라는 말과 함께…….

올무곰은 30미터가 넘는 거대하고 멋진 상수리나무에 난 구멍을 찾아냈고, 그 안에서 겨울을 보냈다. 이듬해 3월, 올무곰이 드디어 나무 동굴 밖으로 얼굴을 내밀었다. 그런데…… 새끼 두 마리가 함께 있었다. 믿기지 않는 일이었다. 사고를 당했을 때, 올무곰은 새끼를 밴 상태였던 것이다. 재방사한 당시까지도, 전문가들조차 이 같은 사실을 알지 못했다.

곰은 지연 착상을 한다. 여름에 짝짓기한 후, 수정란을 착상시키지 않고 기다린다. 안전하게 동면할 수 있는 장소를 찾으면 그때 가서 수정란을 착상시키고 새끼를 낳는다. 올무곰은 착상하지 않은 상태에서 사고를 당해 힘겨운 수술을 받았고, 모든 어려움을 이겨낸 끝에 결국 새끼 두 마리를 얻은 것이다.

우리는 두 마리 아기 곰에게 흰발이와 검발이라는 이름을 지어주었다. 한 놈은 발이 하얬고, 또 한 놈은 까맸기 때문이다. 이름처럼 성격도 딴판이었다. 흰발이는 엄마 옆에 껌딱지처럼 계속 붙어 있었고, 검발이는 모험심이 강해서 자꾸 굴 밖으로 나가고 싶어 했다. 인간에게 상처를 입었던 엄마는 경계심이 많아서 새끼들이 밖으로 나가는 것을 허락하지 않았다. 먹이를 찾으러 나무를 내려간 엄마는 수시로 고개를 들어 새끼들을 확인했다. 새끼가 밖으로 나오려고 하면 입에서 혀를 굴려 텅텅 소리를 내며 경고했다. 그러면 새끼들은 굴 안으로 고개를 쏙 하고 집어넣었다.

두 달 정도가 지난 후에야 엄마 곰은 새끼들이 굴 밖에서 나무줄기 타는 것을 허락했다. 새끼들은 처음에는 벌벌 떨며 나무를 탔지만 이내 능숙해졌다. 원숭이 못지않게 나뭇가지 사이를 거의 날아다녔다. 새끼들은 연신 엄마 입에 코를 갖다 대고 핥아대면서 엄마가 무엇을 먹는지 알아내고는 그것을 따라 먹으려고 했다. 2년 후에 독립해야 하는 곰은 삶의 모든 것을 엄마 곰으로부터 배운다. 엄마 올무곰의 희생은 감동적이었다. 꿀벌들에게 수십 방 물리면서 힘들게 얻은 벌꿀을 새끼들에게 주기 위해, 불편한 다리로 몇 번이고 상수리나무를 기어 올라갔다. 인근에 멧돼지나 수컷 곰이 지나가면 새끼들이 숨은 나무 동굴 옆에 걸터앉아 경계를 섰다.

석 달이 지나고 새끼들이 난생처음 나무 아래 지상의 세계, 땅으로 내려오는 날이었다. 두 마리 새끼들은 신나게 나무를 타고 내려오기 시작했다. 땅에 거의 다다르자 겁이 나는지 쉽사리 마지막 발걸음을 떼지 못했다. 지켜보던 엄마 곰이 조심스럽게 새끼의 목을 물어 땅에 내려놓으면, 날 살려라 하며 다시 나무로 올라갔다. 그러기를 여러 번, 마침내 흰발이와 검발이 모두 땅에 안착했다. 신기한지 천천히 두리번거리던 녀석들은 곧 장난치며 뛰어다녔다. 아주 야단법석이었다.

그렇게 시간이 흘러, 여름이 코앞으로 다가왔다. 동면용 굴이 있던 상수리나무는 초록으로 한껏 싱그러웠다. 어느 날, 나무 밑에서 올무곰이 생각에 잠긴 채 저 멀리 지리산 능선을 오랫동안 바라봤다. 그러고는 두 마리 새끼들을 데리고 떠났다. 새끼들에게 자연에 적응하는 법을 가르치기 위해 안전한 이곳을 떠나 지리산 깊은 곳으로 이동하기로 마음먹은 것이다. 신기한 점은 떠나기 직전에 두 마리 새끼들이 우리가 나무 아래 설치해둔 카메라에 다가와서는 렌즈를 정성껏 핥았다는 사실이다. 마치 작별 인사 같았다. 우리가 숨어서 몇 달 동안 촬영한 것을 녀석들은 알고 있었을까?

곰 가족이 떠난 다음, 그들이 겨울을 난 나무 굴을 조사했다. 오물로 가득하리라 생각했는데, 마치 비질과 걸레질을 한

듯 너무도 깨끗했다. 굴이 더러워지면 자칫 병균이나 벌레가 생겨 새끼들이 아플 수도 있음을 안 올무곰이 새끼들의 오물을 다 핥아 먹으며 굴을 관리한 것이다. 숲의 주인은 인간이 아니라 곰이어야 한다는 생각이 들었다. 곰은 지구의 환경에 어떤 해도 끼치지 않는다.

자연의 회복력은 대단하다. 마치 52번 올무곰이 치명적인 상처를 치유하고 두 마리의 새끼를 건강하게 키워냈듯이, 기회와 시간을 주면 어김없이 자연은 옛 모습을 되찾아간다. 문제는 우리 호모사피엔스다. 우리는 지구가 견딜 수 없을 만큼 생태계를 훼손하고 있다. 무분별하게 자원을 가져다 쓰고, 숲을 밀면서까지 개발을 진행함으로써 지구가 재생하고 회복할 기회를 빼앗아버린다.

이제라도 개발의 속도를 늦추고 다른 생명과의 공존의 길을 모색해야 한다. 사실, 공존의 길은 때로는 불편하고 때로는 위험하다. 곰과 함께 산다는 것은 그들과 어깨동무하며 친하게 지내자는 뜻이 아니라, 그들의 서식지를 침범하지 말고 거리를 두자는 의미이기 때문이다. 곰이 있는 곳에는 케이블카를 설치할 수도 없고, 아무리 조심해도 곰을 만나는 위험한 순간을 마주할 수도 있다.

　이런 불편함과 어쩌면 위험할 수 있는 상황을 감수하고 사람들이 더 조심하며 곰과의 공존을 인정하게 된다면, 그들은 물론 그들이 사는 숲 그리고 우리 자신까지도 지킬 수 있다. 자연이 회복할 수 있도록 조금의 불편함을 견딘다면, 자연에게 회복의 시간을 준다면, 흰발이와 검발이가 살아갈 지구는 조금은 더 살 만한 곳이 되지 않을까?

닛코산에
돌아온
반달곰

도쿄에서 두 시간 거리에 있는 닛코. 이곳에는 거대한 아시오 구리광산이 있다. 16세기 중반에 구리를 채굴하기 시작한 이곳은 에도시대에 세계적으로 손꼽힐 만큼 많은 구리를 산출했으나, 막부 말기에 이르러 산출량이 적어지면서 폐쇄되었다. 메이지유신 직후에 후루카와광업이 일본 정부로부터 아시오광산을 사들였고, 최신 광맥 탐사와 채굴법을 도입해 대규모 동광맥을 발견했다. 그렇게 해마다 일본 구리 산출량의 25퍼센트를 차지하는 엄청난 광산으로 재기하는 데 성공했지만, 얼마 지나지 않아 그 주변에서 키우던 농작물들이 말라 죽고 숲이 사라지기 시작했다. 또한, 인근에 있는 와타라세강에서는 물고기가 떼죽음을 당하더니 1880년대 후반에 이르러서는 물고기들이 아예 자취를 감추었다. 광산에서 구리를 제련할 때 나오는 이산화황과 각종 중금속이 연기와 폐수로 배출된 것이 원인이었다. 닛코는 생명이 살 수 없는 땅으로 점점 변해갔다. 광독에 중독된 주민들의 강력한 항의가 이어졌지만, 1973년이 되어서야 아시오광산은 최종적으로 문을 닫았다. 하지만 그간 꾸준히 방류된 중금속은 아직도 강바닥에 쌓여 있다.

처음 닛코에 갔을 때 눈에 들어온 것은 인근 숲의 황량하

고 헐벗은 풍경이었다. 마치 전쟁이 휩쓸고 지나간 듯했다. 환
경오염 사건으로 주민들이 강제 이주를 당하는 바람에 마을
에는 인적도 드물었다. 그 대신 마을 입구에 있는 공동묘지는
규모가 상당히 컸다. 광독에 중독되어 사망한 주민들이 많았
던 것이다.

우리가 촬영을 진행하던 기간 중, 일본의 식목일이 끼어
있었다. 그날 아침, 갑자기 마을이 소란스러워졌다. 일본 전역
에서 자원봉사자 수천 명이 찾아왔기 때문이다. 마을 앞 공터
가 버스와 자동차로 가득 찼다. 아이부터 어른까지 저마다 손
에 작은 묘목 몇 그루씩을 쥐고서는 가파른 산비탈을 끙끙대
며 걸어 올라갔다. 그 와중에 줄을 맞춰서 일렬로 올라가는 모
습이 장관이었다. 구리광산에서 나온 연기 탓에 황폐해진 닛
코산을 살리기 위해 10여 년 전부터 해오던 연례 환경 행사라
고 했다. 산에 올라가보니 민둥산으로 보였던 닛코산에는 작
은 나무들이 빽빽이 차 있었다. 아직 4월이라 잎이 나지 않아
헐벗은 것처럼 보였을 뿐이었다. 닛코의 환경 담당자는 닛코
산에 곰이 돌아왔다고 했다.

우리는 실제로 그곳에서 반달곰을 만났다. 날씨가 점차 따
뜻해지자, 반달곰들이 동면에서 하나둘 깨어나 닛코산을 돌

아다니기 시작했다. 이산화황과 각종 중금속으로 인해 죽어 가던 이곳이 인간의 노력으로 다시 살아난 것이다. 나무가 숨을 쉬기 시작하자 물도 조금씩 깨끗해지며 물고기와 사슴들이 돌아오고 결국 곰까지 돌아오고야 말았다.

닛코산은 인간의 실수로 어떤 생명도 살기 힘든 곳이 되었지만, 결국 인간의 반성과 노력으로 다시 옛 모습을 찾아가고 있다.

호주에는 매쿼리라는 이름의 섬이 있다. 이곳은 한때 바다표범과 펭귄의 천국이었다. 1810년, 사냥꾼들이 이 섬에 발을 디뎠고 19세기 말까지 주기적으로 이곳에 거주하며 물개들을 멸종시켰다. 10만 마리에 달했던 바다표범도 개체 수가 급감했다. 1870년대에는 밀렵꾼들이 기름을 얻을 목적으로 킹펭귄을 마구잡이로 사냥했고, 결국 매쿼리섬의 킹펭귄은 멸종했다. 죽은 동물들의 뼈로 지층이 만들어질 만큼, 엄청난 대학살이 오랜 기간 이뤄졌다.

매쿼리섬 생태계의 문제점을 뒤늦게 깨달은 호주 정부는 1933년에야 이곳을 야생 보호구역으로 선포하고 관리하기 시작했다. 인간들이 떠난 매쿼리섬에는 펭귄과 바다표범이 돌아왔고, 그곳은 다시 안정을 찾는 듯 보였다. 하지만 뜻밖의 존재들로 인해 섬은 다시 위험에 빠졌다. 바로 인간이 식량 공급원으로, 배에 들끓는 쥐를 잡기 위해 이 섬에 데려왔다가 남겨둔 토끼와 고양이들이 원인이었다. 고양이가 바닷새와 펭귄의 알을 먹는다는 것을 알게 된 호주 정부는 고양이 박멸 프로젝트에 들어갔다. 고양이 개체 수가 줄어들자 이제 토끼들이 기하급수적으로 늘어났다. 천적이 사라졌기 때문이다. 토끼들은 섬의 토착식물을 닥치는 대로 갉아 먹으며 황무지로 만들고, 동굴을 여기저기 파면서 바닷새들의 서식지를 파괴했다. 인간이 사라진 곳에서도 인간으로 인한 생태계의 훼손은 계속되었다. 호주 정부가 토끼의 개체 수를 줄여나가자, 이번에는 먹이가 부족해진 들고양이들이 바닷새를 보이는 족족 잡아먹었다. 악순환의 연속이었다.

호주 정부는 2014년에야 인간과 함께 들어온 쥐, 고양이, 토끼가 매쿼리섬에서 모두 사라졌다고 공식 발표했다. 섬은 비로소 안정을 되찾았다.

인간이 사라진다고 바로 모든 것이 원상 회복되고, 생태계가 균형을 찾는 것이 아니라는 사실을 닛코산과 매쿼리섬을 통해 알 수 있다. 인간의 탐욕은 생태계에 깊은 생채기를 남긴다. 하지만 더 늦었다면, 그 상처는 영영 낫지 못했을 수도 있다.

환경을 훼손하는 것도 인간이지만, 더 늦기 전에 바로잡을 수 있는 것도 결국은 인간이다. 지구의 환경이 돌이킬 수 없는, 회복할 수 없는 상태에 도달하기 전에 우리는 진정한 반성과 최선의 노력을 시작해야 한다. 그리고 그 시점은 바로, 지금이다.

환경은
기회다

지구 곳곳이 이상기후로 신음하고 있다. 지난 2022년만 돌아봐도 그 심각성을 알 수 있다.

영국은 사상 처음으로 기온이 40도를 넘어섰고, 독일의 라인강은 가뭄으로 강바닥이 말라붙었다. 프랑스는 대형 산불로 서울 면적만 한 숲이 소실되었다. 이탈리아에서는 알프스의 돌로미티빙하가 무너져 내리며 관광객들이 숨지기도 했다. 세계보건기구에 따르면, 기상관측이 시작된 이래 유럽은 2022년 여름이 가장 더웠고, 이로 인해 유럽에서만 약 1만 5000명이 열 관련 질환으로 사망했다.

유럽이 기온 상승과 가뭄으로 고통받는 동안, 지구 반대편에서는 홍수로 난리를 겪었다. 파키스탄에서는 대홍수로 국토의 3분의 1이 물에 잠기며 3300만 명의 이재민이 발생했다. 나이지리아, 태국, 인도네시아도 폭우와 해수면 상승으로 커다란 피해를 봤다.

세상에서 가장 건조한 땅으로 알려진 미국의 데스밸리에서는 갑작스러운 홍수로 인해 1000여 명이 고립되기도 했으며, 허리케인 이언과 피오나는 아메리카대륙을 덮치며 큰 피해와 많은 이재민을 발생시켰다. 중국은 2022년 6월에 1961년 이후 최악의 폭우를, 8월에는 기상관측 사상 최악의 가뭄을 경험했다.

얼마 전 프랑스 샤모니를 방문했다. 알프스산맥의 최고봉인 몽블랑산을 보기 위해서였다. '하얀 산'을 뜻하는 몽블랑은 알프스 지역의 빙하지대 한복판에 우뚝 솟아 있다. 하지만 2022년에 만난 몽블랑은 하얀 산이라는 이름이 무색할 정도였다. 만년설은 희미한 흔적으로만 존재했고, 그 자리에는 거친 황무지가 자리하고 있었다. 마을 주민들은 이제 눈이 오기는커녕 겨울에도 날이 너무 따뜻해 스키장을 오픈할 수 있을지 걱정이라고 했다. 최초로 동계올림픽이 열렸던 '눈의 마을' 샤모니는 이제 역사 속으로 사라질 위기에 처했다.

기후변화는 극지를 넘어, 오지를 넘어, 인간 세상의 문을 활짝 열고 들어오고 있다.

그런데도 여전히 우리는 환경을 도덕적이지만 불편한 것으로 생각한다.

환경을 보호하고 기후변화를 막기 위해서는 어쩔 수 없이 지금의 편리함을 조금은 버려야 하기 때문이다. 쓰레기를 분리 배출해야 하고, 플라스틱 같은 일회용품 사용을 최대한 억 제해야 한다. 자가용보다 대중교통을 이용해야 하며 음식물도 남기지 않기 위해 노력해야 한다. 여름에는 조금 더 덥게, 겨울에는 조금 더 춥게 사는 것도 각오해야 한다. 말만 들어도 불편하다.

환경을 생각해서 만드는 제품들은 한결같이 비싸다. 대체육도 비싸고 낙하산이나 플라스틱을 재활용한 옷도 비싸다. 친환경으로 인증받은 상품들은 하나같이 그렇지 않은 것보다 비싸기 마련이다. 더 많은 돈을 써야 하니 이 또한 불편하다. 그래서 사람들은 환경을 '불편함'과 연관해서 생각한다.

하지만 환경은 '기회'와도 연결된다. 앞으로 환경은 경제적으로 엄청난 이권이 걸리는 분야가 될 것이기 때문이다.

2015년에 채택된 파리협약에서 탈퇴했던 미국이 돌아오면서, 향후 국가 간 무역에서 환경이 중요한 이슈가 될 수밖에 없다. 미국은 무역이나 보조금 정책에 환경을 결부시키려고 한다. 다른 나라보다 환경 분야에서 앞서 있기 때문이다. 유럽연합 역시 미국과 결을 같이한다. 이런 내용을 이해하기 위해 우리가 반드시 알아야 하는 것은 '탄소 배출권 거래제'와 '탄소 국경세'다.

1997년, 지구온난화를 막기 위한 구체적 이행 방안이 담긴 교토의정서가 채택되었다. 2005년부터 공식적으로 발효된 이 의정서에는 온실가스 감축 의무 이행에 신축성을 확보하려는 방편으로 탄소 배출권 거래제를 도입했다. 한마디로 온실가스 배출 권리를 사고팔 수 있도록 한 제도다. 이에 따르면, 정부는 이산화탄소, 메탄, 아산화질소 등 6대 온실가스를 배출할 수 있는 권리를 기업에게 할당해주고, 기업은 할당 범위 내에서 남거나 부족한 배출권을 사고팔 수 있다. 우리나라는 2015년 1월 1일부터 시행 중인데, 아직 배출권의 90퍼센트 정도는 기업에 무상으로 나눠주고 있다.

유럽의 경우, 이 제도가 실효를 거두고 있다. 따라서 유럽의 배출권 가격은 우리나라보다 비쌀 수밖에 없다. 이렇게 되면 탄소 배출권이 비싼 나라의 기업들은 아무래도 더 큰 비용을 들여 제품을 생산해야 하니, 탄소 배출권이 저렴한 나라로 공장들을 이전하는 것이 유리하다. 이를 막기 위해 등장한 것이 탄소 국경세다. 이는 미국 바이든 행정부와 유럽연합이 주도적으로 추진하는 새로운 무역 관세로, 탄소 배출 규제가 약한 국가가 강한 국가에 상품 및 서비스를 수출할 때 탄소의 이동에 따른 세금을 부과한다는 것이다.

유럽연합은 2023년부터 전기, 시멘트, 비료, 철강, 알루미늄 등 탄소 배출이 많은 다섯 품목에 이를 시범적으로 반영하고, 2026년부터 실질적으로 관세를 적용하기로 했다. 이렇게 되면 유럽보다 탄소를 많이 배출하는 한국의 포스코나 현대제철 같은 곳은 경쟁력에 타격을 입는다. 환경이 국가 경쟁력의 근간이 되는 시대가 머지않은 셈이다.

이제 누군가 탄소를 획기적으로 저장, 포집하고 반감시킬 수 있는 기술을 개발한다면 그는 일론 머스크나 제프 베이조스 이상의 부자가 될 수 있다. 탄소를 줄이는 것이 곧 돈이 되는 세상이 왔기 때문이다. 기업을 넘어 국가 간에 탄소 배출권이 거래된다면, 탄소 절감이 엄청난 경제적 가치를 창출하게 될 것이다.

젊은 층을 중심으로 환경에 대한 인식도 조금씩 변화하고 있다. 2022년 한 해 동안, 한국의 인터넷에서 가장 많이 검색된 단어는 '우영우'가 아니라 '기후변화'였다. 점점 더 많은 사람이 상품을 구매할 때 고려하는 중요한 요소로 환경적인 만족감을 꼽고 있다. 조금 더 비싼 값을 치르더라도 친환경적인 상품을 택하는 이들이 많아지고 있다는 의미다. 환경이 마케

팅과 연결됨에 따라 기업들은 상품을 개발할 때 환경적인 요소를 더 많이 고민하고 있다. 환경을 생각하는 우리 개개인의 마음이 기업을 움직이고 있다.

환경은 귀찮고 불편한 것이 아니라 우리가 도전해야 하는 기회다. 우리가 기업과 정부를 예리하게 지켜보고 냉정하게 판단하면서 더 나은 친환경 삶을 준비한다면, 기후변화를 해결할 방법에 분명 더 가까이 다가설 수 있을 것이다. 그렇게 된다면 얼지 않는 북극해 앞에서 굶주린 북극곰에게도, 불타는 유칼립투스 원시림 속에서 공포에 떠는 코알라에게도, 서식지를 가로막은 거대한 빙산 앞에서 망연자실 서 있는 아델리펭귄에게도, 타는 목마름으로 몸부림치는 코끼리에게도 조금씩 희망이 생기지 않을까.

함께할수록 좋은
환경 관련 단체들

부록

사육곰 생크추어리를 위한 연대

| 시민단체 동물권행동 카라 X 곰 보금자리 프로젝트 |

https://koreabearsanctuary.campaignus.me/

❧ 동물권행동 카라

한국 동물들의 권리를 위해 활동하는 비영리 시민단체. 개 식용 종식, 공장식 축산 철폐 등 거대한 사회문제에 도전하며 법과 제도, 교육과 문화, 구조와 입양 등 다양한 영역에서 활동을 전개하고 있다.

❧ 곰 보금자리 프로젝트

사육곰의 더 나은 삶을 위해 수의사, 동물훈련사, 디자이너 등 다양한 사람들이 자발적으로 모여 결성한 비영리 단체. 사육곰 문제를 널리 알리고, 사육곰이 남은 삶을 편안히 보낼 보금자리를 만들고 곰들을 구하는 것이 목표다.

❧ 사육곰 생크추어리 목표

• 2021년 6월, 화천 농장주의 사육 포기로 갈 곳이 없어진 사육

곰 열다섯 마리를 구조하고 돌보며 생크추어리 조성을 위한
움직임 시작

- 사육곰 산업 종식 캠페인: 남은 20개 사육곰 농장(319 마리) 폐
쇄 (2022년 11월 기준)
- 야생동물 보호 캠페인: 야생동물을 전시하는 업체가 많아지는
반면, 향후 동물원수족관법 강화로 인한 사육 포기, 유기 야생
동물이 많아질 것에 대비해 야생동물을 지속적으로 보호할 수
있는 시설 마련 및 야생동물은 야생에 있을 때 의미 있다는 내
용을 알림

❖ 사육곰 생크추어리 활동 소개

- 1단계: 1만 평 이상 규모의 생크추어리를 건립하고, 야생동물
돌봄에 필요한 철학을 가진 전문 사육사와 수의사, 교육 전문
가 채용
- 2단계: 1년 20마리 구조, 10년에 걸쳐 사육곰 150마리를 보호
하는 규모로 확장하는 것을 목표로 국내외 홍보 및 모금
- 3단계: 생크추어리를 중심으로 야생동물에 대한 교육 프로그
램 진행, 장기적으로 야생동물과의 공존에 대한 사회적 변화
지향

❖ 사육곰 생크추어리 건설에 참여하는 방법

- 후원하기

  - 동물권행동 카라: https://ekara.org/support/introduce

  - 곰 보금자리 프로젝트: http://projectmoonbear.org

모두가 누리는 5분 거리의 숲 만들기

| 시민단체 생명의숲 |

https://forest.or.kr/

❁ 생명의숲

숲 가꾸기를 통해 건강한 사회를 만들고자 1998년에 창립된
시민단체.

숲을 통해 사회문제를 해결하고 모두가 누리는 5분 거리의 숲
을 만들기를 꿈꾸며 전국 열네 개 지역에 지부를 두고 있다. 기
후 위기 시대를 살아가는 시민의 건강하고 안전한 삶과 생태
적으로 건강한 숲을 위한 다양한 활동을 펼치고 있다.

❁ 생명의숲 활동 소개

- 기후 위기에 대응하고 적응하기 위해 도시 숲을 보전하고, 생
  활권 도시 숲을 관리하고 확대하는 활동
- 녹지 이용 불평등을 해소하기 위해 취약계층의 녹지 접근성을
  높이는 활동
- 기후 위기 대응을 위해 생태적 건강성을 바탕으로 산림을 조

성하고 관리하는 활동

- 산불 등으로 인해 훼손된 산림을 복원하고, 산림 정책을 연구하고 제안하는 활동

- 시민 참여 도시 숲 관리를 통해, 생물다양성 확보를 포함한 도시 숲의 생태계 서비스를 향상하고 시민의 삶을 건강하게 하는 활동

⚘ 숲을 가꾸고 보존하는 방법

1. 모두를 위한 숲 이용 방법

a. 정해진 산책로로만 이동하기 b. 가져온 쓰레기는 되가져가기 c. 반려동물 산책 시, 목줄을 하고 배설물은 되가져가기 d. 흡연 금지, 담배꽁초 버리지 않기 e. 야생생물과 공유하는 공간은 내어주기 f. 불편함 감수하기

2. 도시 숲에 있는 생물종을 비롯한 환경을 조사하고 기록하기

: 모니터링은 나의 주변 세계 숲을 이해하는 시작이자, 숲 서식지 보전 활동의 중요한 자료가 된다.

3. 생명의숲과 함께하기

1) '숲도 튼튼, 나도 튼튼' 그린짐 프로그램

: 시민의 손으로 도시 숲을 가꾸면서 생물다양성을 보전하고

숲의 생태계 서비스 능력을 향상시키며, 녹지 공간에서의 신체 활동과 이웃과의 교류를 통해 정서적·신체적으로 건강해지는 것을 돕는 치유 프로그램.

2) 생명의숲 온라인 채널(홈페이지, 인스타그램, 페이스북, 뉴스레터)을 통해 '숲을 위한 행동' 시민 캠페인에 참여하기

3) 후원하기

꿀벌을 지키는 일은 우리를 지키는 일

| 댄스위드비 |

https://dancewithbees.com/

❦ 댄스위드비

꿀벌과 인류의 공존을 꿈꾸는 커뮤니티. 꿀벌이 사라지고 있다는 데에 문제의식을 느낀 사람들이 모인 단체로 꿀벌을 지키기 위해 어떻게 해야 할지 알아가고자 사람들과 함께 지구 생태와 역사, 인류를 이해하기 위한 공부를 하고 있다.

❦ 댄스위드비 활동 소개

- 꿀벌과 인간이 공존하는 법에 대해 함께 생각하고 참여하고 행동할 수 있는 커뮤니티 댄비학교 운영 중
- 토종벌들이 자유로이 사는 밀원지(꿀의 근원이 되는 곳)에 주목하고, 토종벌 농가들과 함께 이를 지키기 위한 활동 진행
- 토종꿀을 알리는 일이 토종벌과 밀원지를 알리고 지키는 일이라 생각해 토종 벌통을 분양받아 함께 보살피는 댄비 허니팟 운영 중

- 토종꿀의 가치를 전할 수 있도록 토종꿀을 브랜딩하는 프로젝트 진행

❦ 꿀벌을 지키고 밀원지를 보존하는 방법

- 생명을 대하는 공감의 감수성, 자연과 나를 하나로 바라보는 관점, 지구공동체 의식으로 확장된 개인의 참여와 행동이 필요
- 밀원지에 사는 생산자가 토종벌을 보호할 수 있도록 벌통 후원하기
- 꿀벌에게 도움이 되는 밀원수 심기

❦ 꿀벌과 인류의 공존 '댄스위드비'에 참여하는 방법

- 댄스위드비 프로젝트: bit.ly/dancewithbees_project
- 댄비학교 프로젝트: bit.ly/danbee2023
- 댄스위드비 인스타그램: https://www.instagram.com/dancewithbees
- 후원하기

녹색의 지구를 평화롭게

| 국제환경보호단체 그린피스 |

https://www.greenpeace.org/korea/

✤ 그린피스

1971년에 태어난 독립적인 국제환경단체로 지구 환경보호와
평화 증진을 위한 활동을 하고 있다. 기후변화, 삼림 벌채, 남
획, 상업적 포경 등과 같은 문제들에 대해 캠페인을 펼치고 있
으며, 네덜란드 암스테르담에 본사를 두고 한국을 포함한 55개
국가에 지역 사무소를 두고 활동 중이다. 정치적, 재정적 독립
성을 위해 개인의 후원만으로 운영된다.

✤ 그린피스 활동 소개

• 기후참정권 캠페인: 기후 위기로 위협받는 시민들의 생존권과
  삶의 다양한 가치(경제, 복지, 공정, 민주주의 등)에 대해 국가와
  정치권이 정책 대안을 제시하도록 요구하는 활동

• 생물다양성 캠페인(꿀벌 살리기): 벌들의 집단 폐사를 줄이기
  위해 다양한 밀원수를 더 넓은 땅에 심고, 벌들을 가축이 아닌
  생태 지킴이로 체계적으로 관리하기 위해 정부의 다양한 부처

가 연합한 '꿀벌 살리기 위원회' 설립을 요구하는 활동

- 오션 캠페인: 바다가 다시 건강하게 회복되어 기후 위기도 극복하고 해양생태계도 지킬 수 있도록, 2030년까지 30퍼센트의 바다를 해양 보호구역으로 지정하자고 요구하는 활동

- 원전 말고 안전 캠페인: 원자력 발전은 통제하기 어려운 방사능 위험으로 인해 인류와 절대 공존할 수 없음을 널리 알리고, 전 세계 각국이 위험한 원전이 아닌 안전한 재생가능에너지에 바탕을 둔 에너지 정책을 펴도록 촉구하는 활동

- 친환경 자동차 캠페인: 자동차 제조업체들이 기후 위기 대응을 위해 2030년까지 내연차량 판매를 전면 중단하고, 탄소 배출을 줄일 수 있는 전기차 중심의 친환경 이동 수단 서비스를 제공하도록 요구하는 활동

- 플라스틱 제로 캠페인: 일회용 플라스틱 문제를 해결하기 위해 정부와 기업 차원의 플라스틱 생산량 절감과 재사용 및 리필을 근본으로 하는 시스템 변화가 필요하다고 요구하는 활동

- 리부트 캠페인: 기후 위기에 대응하기 위해 재생에너지 전환이 시급함을 알리고, 국내 주요 기업이 100퍼센트 재생에너지 전환을 선언하고 로드맵을 발표할 수 있도록 촉구하는 활동

✤ 그린피스의 아마존 보호 활동 소개

- 브라질 정부가 더 많은 농업, 광업 등을 위해 아마존에 사는 원주민 토지를 개방하는 법안을 고려하고 있음과 더불어 아마존의 불법 금 채굴 현장에서 흘러나오는 수은이 아마존을 오염시키며 원주민을 수은 중독으로 몰아 죽음으로 이끌고 있음을 알리고, 아마존 파괴를 막기 위한 목소리를 내기 위해 청원 진행 중

✤ 그린피스 활동에 참여하기

- 소셜미디어에 그린피스의 캠페인을 공유하기
- 바코드만 찍으면 자동으로 기록되는 플라스틱 조사 일기 어플인 '플콕조사'를 통해 생활 속에서 플라스틱 줄이기에 도전하기
- 일상에서 쉽고 재미있게 실천할 수 있는 자원봉사 활동인 '하루자봉'을 하루씩이라도 체험해보기
- '그린뉴딜 시민행동'을 통해 한국 국회의 기후 위기 대응 활동을 모니터링하고 시민들에게 기후 위기에 대해 알리는 콘텐츠 제작하기
- 후원하기

우리는 풍요로운데 왜 지구는 위태로울까
여기, 바로 지구에서

초판 1쇄 인쇄 2023년 6월 15일
초판 1쇄 발행 2022년 6월 26일

지은이 김진만
펴낸이 김화정

책임편집 이소중
디자인 강경신
인쇄 미래피앤피

펴낸곳 mal.lang **출판등록** 2015년 11월 23일 제25100-2015-000087호
주소 서울시 중랑구 중랑천로 14길 58, 1517호
전화 02-6356-6050 **팩스** 02-6455-6050 **이메일** ml.thebook@gmail.com

© 김진만, 2023
ISBN 979-11-983478-0-0 (03810)